UN PRÍNCIPE APASIONADO
PENNY JORDAN

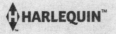

Editado por Harlequin Ibérica.
Una división de HarperCollins Ibérica, S.A.
Núñez de Balboa, 56
28001 Madrid

© 2011 Penny Jordan
© 2018 Harlequin Ibérica, una división de HarperCollins Ibérica, S.A.
Un príncipe apasionado, n.º 2611 - 21.3.18
Título original: Passion and the Prince
Publicada originalmente por Mills & Boon®, Ltd., Londres.
Este título fue publicado originalmente en español en 2011

I.S.B.N.: 978-84-9170-595-6
Depósito legal: M-687-2018
Impresión en CPI (Barcelona)
Fecha impresion para Argentina: 17.9.18
Distribuidor exclusivo para España: LOGISTA
Distribuidor para México: Distibuidora Intermex, S.A. de C.V.
Distribuidores para Argentina: Interior, DGP, S.A. Alvarado 2118.
Cap. Fed./Buenos Aires y Gran Buenos Aires, VACCARO HNOS.

Capítulo 1

LILY dejó de mirar por el visor de la cámara por la que había encuadrado la imagen de una modelo posando provocativamente en ropa interior.

Ante ella, tenía modelos femeninos y masculinos prácticamente desnudos. Tanto ellas, delgadas y haciendo mohines, como ellos, con sus musculosos torsos desnudos, se sometían a la sesión de maquillaje y peluquería. De fondo, sonaba una música machacona, aunque muchos de los modelos escuchaban sus propios iPods.

–¿Ha llegado ya el modelo que esperábamos? –preguntó a una de las peluqueras, que sacudió la cabeza–. No podemos esperar más. Solo hemos alquilado el estudio para una sesión, así que tendremos que usar dos veces a uno de los otros.

–¿Quieres que oscurezca el cabello a alguno de los rubios? –ofreció la mujer mientras alargaba la mano hacia un bote de spray.

Lily miró a su alrededor con el corazón encogido. Había pertenecido a aquel mundo hasta que lo había abandonado asqueada, y odiaba todo lo que representaba. El último lugar del mundo en el que quería estar era aquel asfixiante estudio en el que flotaba el familiar aroma de feromonas masculinas, sudor, ansiedad femenina, tabaco y sustancias ilegales suspendidas en el aire.

Pasó junto a un grupo que charlaba, dejó la cámara sobre una mesa y se acercó para hablar con la modelo a la que fotografiaría a continuación, preguntándose si, como tantas otras, habría entrado en aquel mundo confiando en conseguir un gran contrato para acabar descubriendo, como tantas otras, un lado mucho más sórdido del mundo de la moda.

Aquella sesión no tenía nada que ver con las de las grandes revistas con presupuestos exorbitantes, y si Lily estaba allí, a pesar de que los motivos de su visita a Milán fueran bien distintos, era porque no había podido negarse a hacerle un favor a su hermanastro. La madre de Rick, la segunda esposa de su padre, había sido siempre muy cariñosa con ella, y Lily se sentía en la obligación de corresponderla ocupándose de su hermano menor.

Todos sus esfuerzos por disuadirlo de que siguiera los pasos de su famoso e inmoral padre habían sido en vano, y Rick había insistido en hacerse fotógrafo de moda.

Tras preparar la pose de la modelo, Lily tomó de nuevo la cámara. Iba a disparar cuando la puerta se abrió bruscamente y el torso de un hombre en traje le bloqueó la toma.

Irritada con el que debía ser el modelo que se había retrasado, se echó el rubio cabello hacia atrás y, sin apartar la mirada del visor, dijo:

–Llegas tarde y me has estropeado la foto.

El súbito silencio que se hizo en el estudio la

puso alerta. Alzó la mirada y se encontró con la de un hombre que la observaba con hostilidad. Un hombre alto, moreno, de anchos hombros, vestido con un caro traje, y cuyo lenguaje corporal irradiaba orgullo y desdén. A su pesar, Lily pensó que era demasiado atractivo para ser modelo, y un desconcertante hormigueo la recorrió por dentro.

Ella se consideraba inmune a la belleza masculina, y en su opinión la atracción sexual era una cruel estafa de la madre naturaleza, necesaria para asegurar la conservación de la especie. Había crecido en un mundo en el que la belleza era un bien de consumo, y por eso mismo hacía lo posible por disimular la que ella misma poseía.

−¿Sí? –dijo con la mayor frialdad posible.

Pero en lugar de la petición de disculpas que esperaba recibir, el hombre le dirigió una mirada que la sacudió de arriba abajo.

Ni siquiera había dirigido una mirada a las chicas semidesnudas, mientras que ellas no podían apartar los ojos de él. La masculinidad que exudaba hacía que los jóvenes modelos, a pesar de sus músculos de gimnasio, no parecieran más que niñatos.

Era extraordinariamente guapo, y Lily sospechó que también inflexible y autoritario. Por su expresión, era evidente que alguien iba a recibir una reprimenda, pero afortunadamente, no podía ser ella puesto que estaba allí de pura casualidad. ¿Por qué, entonces, saltaron en su interior todas las alarmas?

Recordó que, después de todo, era hija de sus

padres, lo cual significaba que, a cierto nivel, debía ser vulnerable a la poderosa atracción masculina como lo había sido su madre, aunque esperaba no salir a ella en la falta de pudor para explotar su propia belleza comercialmente. Un escalofrío la sacudió mientras se recordaba que nunca repetiría sus errores.

Estaba allí para hacer un trabajo, no para dejarse dominar por la inseguridad.

–¿Sí? –volvió a decir, preguntándose hasta cuándo pensaba prolongar el desconocido su silencio.

El hombre siguió mirándola con heladora frialdad. Debía de ser inhumano si no sentía la tensión que se respiraba en el aire.

–¿Es usted la persona responsable de todo esto?

Aunque habló más bajo de lo que Lily había esperado, su voz grave sonó tan dominante como su presencia.

Lily lanzó una mirada de soslayo a su alrededor. Estaba claro que su presencia allí estaba motivada por algún tipo de queja, y puesto que ella ocupaba el puesto de su hermanastro, le correspondía dar la cara.

–Sí.

–Quiero decirle algo en privado.

Lily tuvo la tentación de decirle que se equivocaba de persona, pero algo le decía que la ira de aquel hombre tenía su origen en alguna actuación de su hermanastro.

–De acuerdo –dijo–. Pero tendrá que ser breve. Como ve, estoy en medio de una sesión fotográfica.

La mirada de desprecio que le dedicó el hombre le hizo retroceder un paso antes de pasar de largo a su lado y cruzar la puerta que él sostenía abierta.

El estudio estaba en un viejo edificio, así que la puerta era lo bastante gruesa como para que no pudieran oírlos desde dentro. Permanecieron en el reducido rellano, y ella mantuvo la espalda contra la puerta. Estaban tan cerca el uno del otro que no tenía escapatoria. Él le bloqueaba las escaleras.

–Puede que le parezca anticuado y machista –empezó–, pero descubrir que es una mujer quien se ocupa de proporcionar carne fresca a otros por un beneficio económico me resulta particularmente repugnante. Está claro que usted es una mujer que vive de la vanidad y la ingenuidad de jovencitos en los que instila falsas esperanzas y sueños vacíos.

Lily lo observó desconcertada con una mezcla de repulsión ante la imagen que había invocado e ira por verse acusada de un comportamiento tan rastrero. Por un momento se planteó la posibilidad de que se tratara de un hombre desequilibrado, pero descartó la idea al instante.

Se retiró el cabello de la cara en su gesto habitual de inseguridad.

–No sé a qué se refiere, pero creo que se equivoca.

–Usted es fotógrafa y se aprovecha de la vulnerabilidad de los jóvenes, prometiéndoles una vida que sabe que acabará destrozándolos.

–Eso no es verdad –se defendió Lily aunque con poca convicción.

Después de todo, la descripción de aquel hombre era muy similar a lo que ella misma sentía por el mundo de la moda.

Tomó aire para confesarlo, pero él se le adelantó en tono despectivo.

–¿No le da vergüenza? ¿No siente la menor culpa?

¡Culpa! Aquella palabra fue como un dardo envenenado que dio en la diana de sus más oscuros recuerdos. Tenía que alejarse de aquel hombre. El pánico que sintió le hizo desear encogerse en una bola y desaparecer. Pero no tenía escape.

–Pretende arrastrar a mi sobrino, Pietro, a un mundo de crueldad y corrupción donde unos pocos se benefician económicamente explotando la carne y la belleza de la juventud.

¿Su sobrino? El corazón de Lily se aceleró. Cada palabra que el hombre pronunciaba abría una herida en sus convulsas emociones, mellando el fino escudo protector tras el que se parapetaba.

–No sé cuántos jóvenes han sido víctimas de sus promesas de fama y riqueza, pero le aseguro que mi sobrino no va a ser uno de ellos. Afortunadamente, le ha contado a su familia que lo habían embaucado prometiéndole trabajo y dinero como modelo.

Lily sintió la boca seca. Aquel era un aspecto del trabajo de su padre que siempre le había desagradado: la falta de escrúpulos con las que algunos se aprovechaban de los sueños de los modelos jóvenes. Y ser acusada de actuar de esa manera, la dejó tan paralizada, que no pudo defenderse.

–Aquí tiene su dinero –el hombre le dio con brusquedad un puñado de billetes–. Es dinero manchado de sangre. ¿A cuántos depredadores pensaba presentarlo en la fiesta a la que iban a ir después de la sesión? No se moleste en contestar. Supongo que al mayor número posible. ¿No es eso a lo que usted se dedica?

¿Rick había invitado a un chico a una fiesta? Lily sintió que se le encogía el corazón. Rick era muy sociable y era normal que fuera a tomar una copa después del trabajo. Además, se celebraba la semana de la moda y Milán estaba plagado de profesionales del más alto nivel. Aunque también de los del más bajo. El tipo que…

Un escalofrío de asco la recorrió a la vez que el pánico hizo que rompiera a sudar; el corazón le golpeó el pecho con fuerza. Necesitaba respirar aire fresco. Necesitaba huir del pasado al que aquel lugar y aquel hombre la habían devuelto.

–La gente como usted me repugna. Puede que exteriormente posea el tipo de belleza que logra que los hombres se vuelvan a mirarla, pero no es más que un disfraz con el que oculta su podrido interior.

Si no respiraba aire fresco iba a desmayarse. «Piensa en otra cosa», se dijo. «Concéntrate en el presente». El esfuerzo mental la hizo oscilar levemente. El hombre se acercó precipitadamente para sujetarla. Su mente sabía que esa era su intención, pero su subconsciente le envió un mensaje diferente que la llevó a gritar:

–¡No me toque!

La reacción fue automática; brotó de lo más íntimo de su ser al tiempo que intentó que le soltara la muñeca. Pero él tiró de ella y la aprisionó contra su cuerpo.

Lily esperó sentir las habituales náuseas y el paralizante terror, pero para su sorpresa, sus sentidos le transmitieron una inusual y aguda percepción de su captor que la sacudió de arriba abajo.

¿Era posible que en lugar de repugnarle, el frescor de su colonia mezclado con el cálido aroma de la piel del hombre despertara en ella el impulso de acercarse aún más a él? ¿Por qué la sólida fuerza de su cuerpo le transmitía bienestar como si su cuerpo lo deseara en lugar de temerlo? Se sentía como si, igual que Alicia en el país de las maravillas, hubiera cruzado una puerta tras la que había un mundo inesperado. Tan impredecible como descubrir su propia mano apoyada sobre el pecho del desconocido.

Al instante, la urgencia de separarse de él se multiplicó. Ya no por miedo a él, sino por miedo al impacto que le había causado.

En los ojos del desconocido vio una expresión de airada incredulidad, como si le costara comprender algo.

–Suélteme.

La orden, para ella un eco del pasado, tuvo un efecto fulminante sobre él y su peculiar expresión fue sustituida por una de ira.

A Lily la ira le daba menos miedo porque los convertía en enemigos, aunque intuyó que él no estaba acostumbrado a que las mujeres lo rechazaran. Sus ojos eran un peligroso volcán de oro líquido que se clavaban en ella. Desde el punto en el que sus manos se tocaban, irradiaba una corriente de sensaciones que se propagaba por todo su cuerpo. Era inconcebible que se tratara de deseo sexual. ¿Cómo iba a desear a un desconocido que mostraba tal desprecio hacia ella? ¿Cómo podía haberle causado tal impacto, que había logrado enmudecerla, impidiendo que le explicara lo equivocado que estaba respecto a ella?

Él la soltó bruscamente y la alejó de sí; dio media vuelta y bajó las escaleras de dos en dos, mientras ella se llenaba los pulmones de aire y asía el picaporte de la puerta con dedos temblorosos.

Estaba a salvo en el estudio. Solo ella sabía que ya no volvería a sentirse segura. En unos segundos, un hombre había conseguido hacer estallar la protectora burbuja dentro de la que se sentía a salvo de los de su sexo. Asida por él, había sentido despertar un deseo que había hecho trizas todo lo que creía de sí misma, dejando aflorar una vulnerabilidad que se había jurado no llegar a experimentar nunca. Había sido atravesada por un rayo cuyo origen prefería desconocer y en cuyas consecuencias prefería no pensar.

Aturdida, se obligó a volver al trabajo.

–¿Qué ha pasado? –le preguntó la estilista.

–Nada. Ha habido una confusión.

La confusión en la que ella se había quedado sumida. Ajustó la cámara con manos temblorosas. Entre sus primeros recuerdos estaba el de sentirse segura tras la cámara de su padre cuando jugaba en su estudio, donde tantas veces la dejaban sola de pequeña porque tanto él como su madre estaban demasiado ocupados como para prestarle atención. La cámara siempre había sido un símbolo de seguridad para ella, como un manto que le permitiera hacerse invisible. Pero en aquella ocasión no le sirvió de nada y a través del visor, en lugar de a la modelo, veía al hombre que acababa de hacer caer sus barreras defensivas.

Cerró los ojos y volvió a abrirlos. En realidad lo sucedido era pasajero. Una tormenta había estallado, pero ya se había disipado y ella volvía a estar a salvo.

¿O no?

Un pitido le informó de que le había llegado un mensaje. Apretó el botón mecánicamente y vio que era de Rick, anunciándole que le había surgido una magnífica oportunidad y que volaba hacia Nueva York para seguir negociando. *Por cierto*, añadía al final, *el estudio está reservado a tu nombre. ¿Te importa pagarlo por mí?*

Lily se irguió y se retiró el cabello de la cara. Esa era su vida real y no lo que acababa de suceder. Una anécdota que no significaba nada y que debía olvidar como si nunca hubiera sucedido.

Que hubiese sufrido un traspié no significaba que hubiera caído al abismo por el mero roce de un atractivo desconocido.

Tenía mucho trabajo que hacer, y no el relacionado con ayudar a Rick, si no el que verdaderamente le importaba. Su viaje a Milán no tenía nada que ver con modelos ni con la moda, ella tenía un mundo y un lugar propios en el mundo, en el que nunca admitiría a ningún hombre que le hiciera sentir lo que no quería.

Marco hizo un gesto con la cabeza a su secretaria al tiempo que le pasaba unos documentos que acababa de firmar, mientras su mente seguía ocupada con la conversación que había mantenido con su hermana. Ella quería que contratara a Pietro en cuanto terminara la universidad, confiando en que con los años su hijo entrara a formar parte de la junta directiva del negocio familiar, que incluía un vasto y diversificado imperio erigido por sucesivas generaciones de hombres de negocios y nobles Lombardi.

La contribución de Marco a la fortuna familiar había sido la adquisición de un banco mercantil que lo había convertido en millonario a la edad de treinta años. Ya cumplidos los treinta y tres, había volcado sus intereses y su aguda capacidad intelectual más en el pasado que en el futuro, en particular en el legado artístico acumulado a lo largo de los años por su familia y por otras que, como la suya, se habían dedicado al mecenazgo.

Marco nunca había logrado averiguar de qué rama de la familia había heredado su hermana mayor su intensidad emocional. Sus padres, ya fallecidos, siempre se habían mostrado formales y distantes, y habían dejado a sus hijos al cuidado de las niñeras. Su madre nunca había sido particularmente cariñosa, y Marco podía contar con los dedos las veces que lo había besado o abrazado. Eso no significaba que recordara su infancia con resentimiento. De hecho, para él el espacio personal y la privacidad eran esenciales.

Aun así, entendía la preocupación que su hermana sentía por Pietro, por más que racionalmente le costara comprender y perdonar que su sobrino estuviera dispuesto a aceptar dinero por un supuesto trabajo como modelo. En su defensa, su hermana aducía que su pobre hijo se veía abocado a hacer esas cosas porque la asignación mensual que recibía de Marco era insuficiente. Eso no había impedido que su hermana le agradeciera que hubiera ido a darle un escarmiento a la persona que había seducido a su hijito. Después de todo, ambos sabían lo que podía sucederle a un joven inocente si era atrapado en las sórdidas redes del mundo de la moda.

Marco dirigió la mirada hacia la fotografía que tenía sobre el escritorio. Olivia, la mujer que aparecía retratada parecía muy joven. La fotografía había sido tomada cuando acababa de cumplir dieciséis años. Su preciosa cara se iluminaba con una tímida sonrisa y su cabello oscuro y rizado le caía por los hombros. Era la imagen misma de la inocencia y de la honestidad. Su hermosura era la de una flor antes de abrirse, a punto de hacer eclosión. Pero ese momento nunca había llegado porque Olivia no había tenido la oportunidad de alcanzar la madurez. Marco sintió la rabia hervir en su interior, y más aún cuando su enfado se mezcló con una inesperada sacudida de deseo sexual al pasársele por la mente la imagen de una mujer que representaba todo aquello que despreciaba.

Tenía que haber sido una debilidad pasajera, se tranquilizó. Una consecuencia, con toda seguridad, de que su cama llevara vacía desde hacía casi un año.

Se puso en pie y caminó hasta la ventana.

Aunque no le gustaba vivir en la ciudad, conservaba un apartamento en Milán, que usaba también como oficina. Pero si hubiera tenido que elegir entre todas las propiedades que poseía, se quedaría con el castillo erigido por uno de sus antepasados, famoso por ser además un gran coleccionista de arte.

Marco había dudado inicialmente cuando la Fundación para la Conservación del Patrimonio Británico se había puesto en contacto con él para que colaborara en la preparación de una exposición dedicada a la influencia italiana en la arquitectura y el arte británicos, pero cuando le explicaron el proyecto en detalle, decidió participar, y de hecho había acabado implicándose tanto, que se había ofrecido a acompañar a la especialista que enviaban desde la Fundación para visitar las villas en las que se seleccionarían las piezas más interesantes para la exposición.

La doctora Wrightington visitaría con él las villas y la gira comenzaría con una recepción de bienvenida en Milán tras la que acudirían al Lago Como.

Marco no sabía nada de la doctora Wrightington, excepto que había dedicado su tesis doctoral a la relación histórica entre Italia y Gran Bretaña resultante del mecenazgo de artistas de Roma y Florencia por parte de acaudaladas familias inglesas que, además de comprar obra, volvían a Inglaterra con el deseo de reproducir el estilo arquitectónico y el diseño italiano en sus mansiones.

La gira acabaría en una de sus mansiones, el Castello di Lucchesi en Lombardía.

Marco miró la hora en su sencillo reloj cuya elegancia hablaba por sí sola de estatus de su dueño, reconocible por cualquiera de su mismo círculo. Faltaba una hora para la recepción en honor a la doctora Wrightington que se celebraría en la mansión originalmente de los Sforza, duques de Milán, abierta al público y convertida en galería de arte desde hacía tiempo.

Su familia y los Sforza habían sido aliados a lo largo de los siglos, una alianza que había sido beneficiosa para ambas familias.

Capítulo 2

LILY recorrió con la mirada por última vez su impersonal habitación de hotel. Había hecho la maleta y estaba lista para marcharse aunque el taxi todavía tardaría media hora en llegar.

Su mirada se fijó en la inscripción grabada en su maletín: *Dra. Wrightington*. Se había cambiado de apellido nada más cumplir dieciocho años para evitar ser asociada con sus famosos padres y había adoptado el apellido de soltera de su abuela materna. Aunque ya había pasado más de un año desde que había conseguido el título, cada vez que lo veía escrito le producía un especial placer.

Rick no comprendía el tipo de vida que había elegido porque los recuerdos que conservaba de su padre no se parecían nada a los de ella.

Por primera vez en mucho tiempo, Lily había vuelto a tener el sueño recurrente del que, aun sabiendo que dormía, nunca lograba despertar. Siempre se sucedía de la misma manera. Su padre la llamaba al estudio para sustituir a una modelo que había fallado. El temor a ser fotografiada volvía a asaltarla y buscaba su cámara instintivamente para poder ocultarse tras ella. Entonces la puerta se abría y entraba un hombre cuyas facciones no llegaba a ver con nitidez. Se aproximaba y ella trataba de huir pidiendo auxilio a su padre, pero él estaba demasiado ocupado como para acudir en su ayuda. Entonces el hombre le daba alcance y... aquella parte del sueño era muy familiar. La había soñado más de mil veces. Pero en aquella ocasión había sucedido algo extraordinario. En el momento en que la angustia la invadía, la puerta del estudio se había abierto y la presencia de un recién llegado la había llenado de alivio, había corrido hacia él y se había cobijado en sus brazos, sintiéndose protegida y a salvo a pesar de la ira que el hombre irradiaba.

¿Qué significaba que hubiera transformado en su salvador al hombre que la había insultado en el estudio? Tenía que estar relacionado con el hecho de que hubiera expresado una opinión similar a la suya respecto al lado oscuro del mundo de la moda. Subconscientemente, debía haberlo convertido en un refugio frente a aquellos a los que había aprendido a temer desde tan joven.

Pero, ¿era esa la única razón? Lily sacudió la cabeza para dejar de pensar en ello. A menudo era un error analizar demasiado las cosas.

Lo qué sí era significativo era que hubiera vuelto a tener aquel sueño después de tres años libre de él. Y la explicación era sencilla: volver al estudio había invocado dolorosos recuerdos que, se recordó, pertenecían al pasado.

Ella ya no era la misma persona. Se había convertido en alguien distinto: la doctora Wrightington, especialista en la influencia del arte y la arquitectura italiana en las mansiones británicas.

Llamaron desde recepción para anunciarle la llegada del taxi y bajó al vestíbulo. Tenía que admitir que se sentía un poco inquieta ante su inmediato encuentro con el príncipe di Lucchesi, aunque por su trabajo como comisaria en la Fundación para la Conservación del Patrimonio había acudido a los suficientes eventos de recaudación de fondos como para no sentirse intimidada por tener que mezclarse con la aristocracia. Además, pensó divertida, sabía tanto de la historia de los antepasados de los distintos linajes que conocía sus más oscuros secretos incluso mejor que ellos mismos.

Otros especialistas se centraban en la vida de los artistas, mientras que ella se había interesado por los mecenas y las causas que los habían llevado a preferir la obra de un artista a la de otro.

Podría haber hecho una búsqueda del príncipe en internet, pero su verdadero interés estaba en los hombres y mujeres del pasado más que en los del presente. El príncipe no era más que un medio para alcanzar el fin al que se había comprometido con la Fundación.

Aun así, se había vestido adecuadamente, consciente de que las primeras impresiones eran muy importantes en el mundo del arte y de los ricos. A pesar de que no le interesaba la moda, era inevitable, dada su formación, que tuviera estilo, al que contribuía su considerable estatura y su esbelta figura. A diario, le gustaba llevar camisetas y vaqueros, pero para las ocasiones especiales reservaba un vestuario reducido pero de excelente calidad.

Para la recepción de aquella noche, había elegido un vestido de color caramelo sin mangas y con cuello drapeado, que más que abrazarse a su cuerpo se deslizaba delicadamente sobre él. Como accesorio llevaba el collar de perlas que había heredado de su abuela materna, el reloj Cartier de su madre y unos pendientes de diamantes que se había hecho con el anillo de compromiso de su madre.

Después de que ésta se suicidara, su padre le había dado todas sus joyas. Ella las había vendido, a excepción de la que lucía en aquel momento, y donó el dinero a una asociación de beneficencia. De alguna manera le había servido para compensar la sensación de abandono que había sufrido su madre por culpa de las innumerables infidelidades de su padre.

Para rematar el conjunto, había elegido unos buenos zapatos de cuero negro, y un bolso a juego. Llevaba consigo una larga rebeca de cachemira, en caso de que refrescara por la tarde y la necesitara durante el viaje desde Milán al lujoso y mundialmente conocido hotel Villa d'Este, al que el príncipe iba a acompañarla como primera parada de la gira por las mansiones más exclusivas de Italia.

Respiró profundamente y miró por la ventanilla del coche, diciéndose que no había luz más maravillosa que la de finales de septiembre.

La recepción a la que acudía tendría lugar en mismo palacio Sforzesco que había pasado a albergar diversas galerías con algunas de las obras más famosas del arte italiano. Lily conocía el edificio porque lo había visitado mientras escribía su doctorado, y era una gran admiradora de la colección que allí se exhibía. Pero cuando el taxi la dejó en la puerta, no fue ni el edificio ni el arte lo que la hizo pararse en seco, sino el hombre que la estaba esperando.

—¡Usted! —dijo en estado de shock.

No podía creer que el hombre que la había insultado en el estudio y el que tenía ante sí, contemplándola con incredulidad, fueran la misma persona.

—¿Qué está haciendo aquí? —dijo él con aspereza.

¿Insinuaba que lo estaba siguiendo? Afortunadamente, antes de que le diera tiempo a decirle lo que pensaba de él, se dio cuenta de que ponía cara de sorpresa al leer el nombre de su maletín. Luego alzó la mirada, y preguntó, atónito:

—¿Usted es la doctora Wrightington?

Lily se cuadró para no dejarse amedrentar y, alzando la barbilla, contestó:

—Sí. ¿Y usted es…?

La más profunda irritación se reflejó en los dorados ojos del hombre.

—Marco di Lucchesi —respondió en tensión.

¿El príncipe? ¿El hombre con el que pasaría las dos siguientes semanas?

Lily intentó calmarse diciéndose que quizá no era más que alguien que el príncipe enviaba para recogerla y rezó para que así fuera.

Las puertas a su espalda se abrieron y un guarda salió precipitadamente.

—Permita que retire su equipaje hasta que se marche, doctora Wrightington —dijo al ver la maleta de Lily.

–Muchas gracias –dijo ella, sonriendo antes de volverse a Marco y preguntar con gesto indiferente–. ¿Marco di Lucchesi? ¿El príncipe di Lucchesi?

–No uso el título –la aspereza de su respuesta aniquiló cualquier esperanza en Lily de reconducir la relación–. Si le parece, podemos pasar al interior para que la presente a los invitados, algunas de cuyas casas iremos a visitar.

Lily asintió con la cabeza.

–La Fundación me ha proporcionado una lista de invitados.

–Algunos de los árboles genealógicos son un tanto complejos. A veces no resulta sencillo saber quién posee qué.

Quizá eso les pasaba a los turistas normales, pero, aunque no se molestó en aclarárselo, la genealogía de las familias italianas poseedoras de mansiones históricas era el campo de especialización de Lily. Era evidente que entre ellos se había declarado una guerra abierta en la que las palabras solo servían para enmascarar mensajes hostiles.

Ya sin maleta, miró hacia las puertas de entrada, que representaban su única posibilidad de huida. Fue hacia ellas, negándose a mirar a Marco, pero él llegó antes y le bloqueó el paso colocando la mano sobre el picaporte.

Lily no pudo hacer otra cosa que pararse en seco o arriesgarse a chocar contra él. Sintió un frío sudor. ¿Por qué aquel hombre la perturbaba tanto? ¿Cómo era posible que su mera presencia despertara en ella un torbellino de sensaciones y emociones en las que no quería pensar?

Él la había tocado en primer lugar y había reaccionado, al igual que ella, como si hubiera sufrido una descarga eléctrica. Eso debería haberlos puesto al mismo nivel, pero por algún extraño motivo él conservaba su actitud de superioridad, como si estuviera imbuido de razón.

En realidad, se dijo Lily, daba lo mismo lo que él hubiera sentido o dejado de sentir. Lo único importante era que ella necesitaba conservar el control sobre sí misma para permanecer física y mentalmente estable.

Marco frunció el ceño. ¿Qué perfume llevaría para que se sintiera tentado a aproximarse a ella y aspirar su aroma? Cínicamente, supuso que esa era precisamente su intención, y se recordó que tenía que hacer preguntas mucho más importantes que averiguar el nombre de su perfume.

—¿Sabe la Fundación el tipo de trabajo que hace en su tiempo libre?

Lily interpretó la pregunta como una velada amenaza, y sitió la ira prender en su interior. Probablemente se consideraba demasiado importante como para que ella se arriesgara a ofenderlo, pero tenía pleno derecho a defenderse.

—No estaba trabajando. Me limitaba a hacer un favor a un… amigo, que necesitó que lo sustituyera.

Marco se irritó aún más. Era evidente que elegía sus palabras cuidadosamente. De la misma manera que jugaba con la vulnerabilidad de jóvenes estúpidos como su sobrino.

—Así que la Fundación no lo sabe.

—¡No hay nada que saber! Solo he hecho un favor a alguien

–¿Un favor? ¿Es así como lo llama? Yo le pondría otro nombre.

¿Cómo podía ser la doctora Wrightington la misma mujer que había intentado sobornar a su sobrino para que posara de modelo? Le resultaba… inconcebible, pero claramente, así era. Era evidente que se trataba de una mujer con múltiples vidas. ¿Qué podía motivar a una mujer altamente cualificada y con toda seguridad, con un buen salario, a implicarse en un negocio tan turbio? La ira y el dolor que había sentido por la muerte de Olivia lo invadieron. Podía sentirlos en la boca, quemándole el estómago.

Habían sido amigos desde la infancia; sus familias asumían que algún día se casarían. Su matrimonio habría sido de conveniencia, un arreglo entre familias, y Olivia le había dicho que estaba de acuerdo. Lo que no había confesado era que llevaba una vida secreta, obsesionada por seguir una carrera de modelo, y a Marco le había destrozado descubrir que la mujer a la que creía conocer tan bien había estado engañándole todo el tiempo.

Olivia nunca había alcanzado la fama, pero en el camino había descubierto las drogas y, finalmente, había caído en la prostitución. Hasta su muerte. Y una mujer igual que la que tenía ante sí había sido la culpable de todo, una mujer que compraba carne joven para aquellos que podían pagarla, y engañaba a los jóvenes con falsos sueños de fama y fortuna.

Él había confiado tanto en Olivia como en aquella mujer, pero las dos le habían mentido, y eso le había causado una herida de la que su orgullo nunca había logrado recuperarse. Ambas le habían dado su palabra, pero habían hecho añicos la confianza que había depositado en ellas.

El odio lo quemaba por dentro como ácido sulfúrico

–¿Por qué lo hace? –preguntó con brusquedad.

Lily no conseguía comprender qué había hecho para despertar tanto desprecio, y menos aún por qué le afectaba tanto en lugar de resultarle indiferente procediendo de alguien a quien ni tan siquiera conocía.

–¿Por qué hago el qué? –intentó ganar tiempo para intentar abstraerse de la fuerza magnética que ejercía sobre ella.

–No finja no entender. Sabe perfectamente a qué me refiero: el estudio, la forma en que se acercó a mi sobrino.

Lily se sonrojó a pesar de que no tenía de qué sentirse culpable.

–Ya le he dicho que solo hacía un favor a alguien.

El príncipe la miró con sorna.

–Ya me imagino qué tipo de favor –dijo con brusquedad–. ¿De verdad que nunca se cuestiona lo que hace? ¿Piensa alguna vez en el daño y la destrucción que siembra a su alrededor?

Lily se sentía al borde de un ataque de ansiedad. El príncipe se adentraba en un territorio de arenas movedizas y la ironía de que la acusara de inmoralidad fue más de lo que pudo soportar. Para no perder el control, tuvo que fingir una calma que estaba lejos de sentir.

–Ya le he dicho, aunque no tengo por qué justificarme, que me limitaba a sustituir a alguien en la sesión fotográfica de un catálogo de moda.

–¿Y qué me dice del joven con el que su amigo entabló conversación en un bar y al que ofreció la oportunidad de hacer de modelo? ¿No se le ocurrió preguntarle por qué buscaba modelos en lugares públicos en lugar de acudir a una agencia profesional?

Cada una de sus palabras fue como un latigazo para Lily que la dejara en carne viva, abriendo heridas que creía cicatrizadas. En el mundo que tan cuidadosamente había construido, no había cabida para la joven del pasado. Había cortado radicalmente todos sus vínculos para ahuyentar sus fantasmas y nunca se permitía volver la mirada atrás.

Había conseguido ser tan feliz, se había sentido tan orgullosa de sí misma por lo que había logrado, que no comprendía por qué aquel hombre, con su actitud crítica, conseguía ponerlo todo en peligro. Aunque su instinto le pedía defenderse pasando al ataque, la razón la obligó a mantener la serenidad como mejor arma en aquella pelea.

Tomó aire.

–Los catálogos de ropa no pagan demasiado bien. Mi… La persona a la que sustituí intentaba mantenerse dentro del presupuesto. Supongo que por eso habló con su sobrino.

–¿De verdad espera que la crea? Por si no lo sabe, su amigo, además de pagar a mi sobrino, le dijo que luego lo llevaría a una fiesta con algunas de las figuras más importantes del negocio.

Lily había llegado al límite de su paciencia. No tenía por qué defender a su hermanastro y menos aún aguantar los insultos de Marco di Lucchesi, que prácticamente la estaba acusando de actuar en connivencia con un corruptor de menores. Rick podía tener muchos defectos, pero su única intención habría sido impresionar al joven candidato.

—Se equivoca tanto respecto a Rick como a mí —dijo, enfurecida—. Para que lo sepa, opino exactamente lo mismo que usted respecto al lado más turbio del mundo de la moda.

¿No le había dicho algo parecido la dueña de la agencia para la que Olivia trabajaba cuando él había acudido en su ayuda para conseguir que volviera a casa? ¿No le había dicho que confiara en ella, que protegería a Olivia?

A sus dieciocho años, él la había creído, pero tal y como había descubierto con el tiempo, le mentía. Igual que la mujer que tenía en aquel momento ante sí.

Por eso mismo no comprendía por qué, en lugar de seguir atacándola, le importaba más sentirse desilusionado por no poder confiar en ella, por que fuera una mentirosa.

Ignorando aquella extraña emoción, dijo, cortante:

—Lo que dice no tiene ninguna lógica, así que no puede ser verdad.

Lily lo miró con perplejidad, consciente de que no había nada que pudiera hacer o decir para hacerle cambiar de opinión. Era como si se negara a confiar en ella, como si hubiera decidido rechazarla. Así que solo le quedaba usar la misma lógica que él usaba contra ella.

—Nadie obligó a su sobrino a aceptar el trabajo ni el dinero —señaló con la mayor dignidad de que fue capaz—. Así que en lugar de acosarme, haría mejor interrogándole a él. Después de todo, un joven tan bien conectado socialmente y de buena familia no tendría por qué aceptar un trabajo tan mal pagado. A no ser que tenga otras razones para hacerlo.

A pesar de que de Lucchesi ni siquiera parpadeó, Lily supo al instante que había dado en el clavo.

—¿Qué razones?

Aunque Lily sintió lástima por haber tocado lo que evidentemente era un punto sensible, se dijo que no se trataba de un hombre ante el que pudiera dar la menor muestra de debilidad. Así que tomando aire, dijo con fingida dulzura.

—¿Quizá un tío que le da una asignación mensual reducida para atarlo corto?

Aquellas palabras consiguieron hacerle daño. Pero en lugar de ignorarlas para demostrarle una vez más que la despreciaba, Marco dijo:

—Pietro es un joven muy impulsivo que se cree inmortal. Dos características que, en mi opinión, son el resultado de tener una madre demasiado indulgente. Si creo que debe aprender a administrarse con una asignación que personalmente considero bastante generosa, es porque en el futuro tendrá que administrar un gran patrimonio. Puede que para usted eso signifique «atarlo corto», pero lo que pretendo es que sepa valorar lo que posee y aprenda a vivir dentro de sus posibilidades.

–Quizá deba darle esa explicación a él y no a mí –sugirió Lily–. Comprendo que su sobrino sea importante para usted. Pero para mí, lo es hacer el trabajo que me ha encomendado la Fundación –añadió, indicando con un gesto de la cabeza la puerta que él mantenía bloqueada.

–¿Y se siente capacitada para hacerlo? ¿Está segura de que no tendrá que dejarlo para hacerle un favor a un «amigo»?

–Usted no tiene derecho a cuestionar mi profesionalidad.

–Al contrario, tengo el derecho y el deber, puesto que he persuadido personalmente a mucha gente para que le abra las puertas de su casa.

–Estamos haciendo esperar a los invitados – dijo ella en lugar de responderle.

Sin apartarse, él la miró fijamente.

Capítulo 3

LILY sintió el corazón golpearle el pecho y rezó para que alguien los interrumpiera, pero no tuvo suerte.

—No me creo ni una de sus explicaciones.

—Ese no es mi problema.

—Se equivoca —dijo él con aspereza—. No dice la verdad.

Lily se sentía rodeada por su presencia. No podía ni retroceder ni avanzar. Él había inclinado la cabeza para decirle las últimas palabras al oído, y al sentir su aliento rozarla una sacudida eléctrica alcanzó cada una de sus terminaciones nerviosas. Estaba acalorada y mareada, inundada por una cascada de sensaciones que resquebrajó la barrera del respeto personal que debía haber entre ellos.

Tenía que decir algo y defender su terreno, pero apenas podía respirar. Hizo ademán de abrir la puerta pero él se movió más rápido y chocaron. La sofocada exclamación que escapó de sus labios, rozó el cuello de Marco, que sintió acelerársele la sangre en las venas, quemándolo como oro líquido. Su respuesta fue tan instintiva e irreflexiva, que la estrechó contra sí antes de que su cerebro supiera qué estaba haciendo. Recuperando una mínima cordura se dijo que la soltaría al instante. No sabía siquiera por qué la había sujetado. Pero al sentirla revolverse, sintió un golpe de orgullo herido.

—¡No! —gritó Lily, sintiendo que el pánico se apoderaba de ella ante la proximidad de su cuerpo, y aún más al darse cuenta de que la deseaba y que debía evitar por todos los medios que él lo notara.

Pero en ese momento, al ver cómo la miraba, se dio cuenta de que Marco interpretaba su angustia como desafío. Y también supo que estaba decidido a castigarla.

El castigo fue fulminante e inesperado, y llegó en la forma de un beso ávido y apasionado.

Lily llevaba años sin recibir un beso. De hecho, jamás había sido besada de aquella manera, como si el hombre que la besaba quisiera imprimir su sello en ella y dominar sus sentidos y su alma. Su masculinidad encontró su reflejo en una recién descubierta femineidad. Y Lily sintió pánico.

Alzó la mano paro protestar y aún se sorprendió más al darse cuenta de que la posaba en la mejilla de él y acariciaba la piel fina de los pómulos y la rugosa del mentón. La fotógrafa que había en ella habría querido explorar la dramática perfección de sus facciones.

Él imprimió más delicadeza a su beso mientras ella se decía que debía soltarse, que el gemido que tenía atrapado en la garganta era de protesta y no de placer. Él abrió los ojos y los clavó en los de ella sin dejar de besarla. Lily sintió que las piernas le flaqueaban, obligándola a descansar contra él, a relajarse en sus brazos.

Durante una fracción de segundo tuvo la sensación de que sus cuerpos se movían al unísono. Y de pronto, bruscamente, él la apartó de sí.

«¿Qué me está pasando?», pensó Marco. Él nunca se dejaba llevar por las emociones. Nunca.

Alguien intentó abrir la puerta desde el interior. Sin mirarse ni intercambiar palabra, ambos dieron un paso atrás mientras Marco recordaba que había aceptado aquel proyecto con una inquietud cuyo origen no había comprendido. Debía haber seguido su instinto y rechazarlo. Pero en su momento había asumido que su prevención se debía a que no le agradaba la idea de abrir su casa a una desconocida, y ni por un segundo se le había cruzado por la mente que la razón última de sus dudas fuera de carácter personal.

La miró con severidad. No tenía ningún sentido la forma en que su cuerpo entraba en sintonía con el de ella, ningún motivo evidente por el que su presencia, su aroma, el sonido de su respiración, aguzaran sus sentidos. Apretó los dientes para volver a poner sus pensamientos en orden, tensando sus músculos como si intentara dominar un caballo desbocado.

Claro que era atractiva y que poseía una discreta belleza que se correspondía a la perfección con la imagen que pretendía proyectar y no con la que había mostrado en el estudio, mucho más acorde, en su opinión, con su verdadera personalidad. Lo que no sabía era cuál de las dos era la que lo atraía, y le irritaba pensar que se sentía como un adolescente excitado por la imagen de una modelo desnuda en la página central de una revista. ¿Habría en su interior un componente desconocido que le hacía sentirse atraído por una mujer así? Una parte de sí habría preferido que ese fuera el caso, en lugar de tener que admitir la verdad: que su cuerpo respondía con la misma intensidad ante la doctora Wrightington que ante la experimentada mujer en vaqueros que había conocido en el estudio. Cualquiera que fuera el caso, estaba decidido a no darle la menor importancia.

Abrió la puerta y, después de dejarla pasar, dijo con frialdad:

—Pienso vigilarla, y si en cualquier momento sospecho que su presencia pone en riesgo el éxito del proyecto, solicitaré a la Fundación que la sustituyan.

—No puede hacer eso —protestó Lily.

El corazón se le aceleró. Aquel proyecto le importaba demasiado como para arriesgarse a perderlo; incluso se había hablado de hacer un documental para una prestigiosa cadena de televisión de arte. Y más que el reconocimiento público que ello pudiera proporcionarle, lo que Lily quería era compartir con una amplia audiencia el enorme impacto que el arte italiano había tenido sobre numerosos aspectos de la vida británica, desde la arquitectura y la literatura hasta la jardinería o la moda.

Marco era un hombre poderoso y lo tenía en su contra. Pero lo que pensara de ella a título personal debía resultarle indiferente. Y así era. ¿O quizá no?

Él mantenía la puerta abierta para dejarla pasar y desde el interior le llegaba el murmullo de las conversaciones, que fue acallándose hasta convertirse en silencio cuando los invitados volvieron sus miradas hacia ellos.

Mientras que ella se había quedado muda, su acompañante pareció recuperar su aplomo al anunciar:

—Disculpen el retraso. Toda la culpa es mía.

Y al ver las sonrisas de respeto y admiración que recibía, supo que el príncipe no necesitaba tomarse la molestia de presentar sus disculpas.

—Sé que están impacientes por charlar con nuestra invitada de honor, la doctora Wrighington, así que les ahorraré las presentaciones y me limitaré a decir que su tesis doctoral sobre las colecciones de arte de nuestros antepasados y nuestra arquitectura debería hablar por sí misma.

Lily se preguntó si alguien más habría notado el uso deliberado que había hecho de la palabra «debería», y se alegró de haber aprendido de su madre a mostrarse serena en público, tal y como ella logró hacer hasta que la depresión y las pastillas la destrozaran. Era sorprendente lo sencillo que resultaba sonreír y aparentar calma una vez se había aprendido a ocultar los sentimientos.

La misma facilidad con la que pudo charlar con aquellos a los que Marco fue presentándola en su recorrido por el salón.

—Su excelencia —dijo cuando Marco la presentó a una anciana duquesa de porte regio—, no sé cómo agradecerle que me abra las puertas de su villa y de su colección de arte. En los archivos guardamos un retrato de uno de sus antepasados, realizado por…

–Leonardo. Sí, lo he oído, aunque desafortunadamente no lo he visto nunca.

Lily sonrió.

–Me dejaron fotografiarlo, así que puedo mostrárselo.

Marco tuvo que admitir que era excelente, tanto por sus conocimientos como por sus habilidades. Pero eso no significaba que fuera honesta.

–Me encantará poder compararlo con el retrato que Leonardo hizo a un antepasado de mi marido –contestó la duquesa, agradecida.

Lily solía disfrutar con aquel tipo de encuentros y de tener la oportunidad de charlar con personas con las que compartía su pasión por el arte, pero en aquella ocasión, tras dos horas mezclándose con los invitados, sintió un intenso dolor de cabeza, y aunque le costara admitirlo, la culpa la tenía el hombre que, a poca distancia de ella y con el que tendría que compartir sus siguientes semanas, le había demostrado una total animadversión y se había saltado las barreras tras la que ella protegía su estabilidad mental.

–Tendremos que irnos pronto.

A Lily estuvo a punto de atragantársele el trago de vino al oír la voz de Marco a su espalda. No porque no hubiera intuido que se acercaba a ella, siendo como era consciente de cada uno de sus movimientos, sino por la sacudida que recibió al sentir su aliento en la nuca y la deliciosa corriente de placer que la recorrió, erizándole el vello.

No, su reacción no se debía a que la hubiera sobresaltado, pero Lily no estaba dispuesta a plantearse por qué alguien que había renunciado a las delicias del placer sexual, era capaz de reconocer sin titubear que el grado de sensualidad que acababa de experimentar delataba una debilidad hacia el hombre que la había provocado que iba mucho más allá de una mera atracción superficial. Era mejor no hacerse ciertas preguntas. Y menos aún una persona como ella respecto a alguien como Marco.

Un hombre la empujó levemente al pasar a su lado, haciendo que el vino le salpicara el brazo, y Lily agradeció la distracción que representó el incidente.

—Lo siento —se disculpó el hombre. Y dirigiéndose a un camarero que pasaba, añadió—: Necesitamos una servilleta.

—No hace falta... —empezó Lily, pero las palabras murieron en su garganta cuando Marco consiguió como por arte de magia una y empezó a secarle el brazo.

Haciendo caso omiso a las protestas de Lily, diciendo que podía hacerlo ella, Marco siguió secándola al tiempo que, con destreza, le quitaba la copa de la otra mano y la dejaba sobre la bandeja de uno de los camareros.

Lily pensó que tenía manos diestras y fuertes, como las de un artista. Manos capaces de aplastar la resistencia de cualquier mujer si así se lo proponía.

Un nuevo temblor la sacudió pero no tanto física como emocionalmente; una convulsión fugaz que le formó un nudo en las entrañas antes de relajarse y ser reemplazada por una íntima y pulsante sensación.

Lily estaba familiarizada con las señales externas de la excitación sexual. No en vano había visto a modelos fingiéndolas desde que tenía uso de razón. Recordó con amargura que su padre la enviaba al trastero adyacente al estudio cuando terminaba una de las sesiones y empezaban los «juegos». Su padre era de esos fotógrafos para los que mantener relaciones sexuales con las modelos era uno de los beneficios extra del trabajo. No, Lily reconocía sin dificultad los sonidos y las señales de la excitación, real y fingida, masculina y femenina. Pero si se trataba de su propia excitación se adentraba en un territorio que llevaba años convertido en un terreno baldío, poblado de fantasmas, al que no quería retornar.

Marco la soltó.

–Tenemos que irnos –dijo–. Puede que encontremos tráfico de camino al aeropuerto.

–¿Volamos al lago Como? –Lily había asumido que irían en coche.

–Vamos en helicóptero. Es mucho más rápido.

Marco dio una palmada para anunciar a los asistentes que se marchaban.

–Ya estaba deseando recibirla en Villa Ambrosia –dijo la duquesa cuando se despidió mientras retenía las manos de Lily entre las suyas en un gesto de genuino aprecio–, pero ahora que la he conocido, estoy impaciente –volviéndose hacia Marco, añadió–: Es una chica encantadora, Marco. Espero que cuides bien de ella.

Lily no se atrevió a mirar a Marco cuando la anciana se alejó.

El guarda del museo que había retirado su maleta los escoltó al exterior, donde los esperaba su coche, y Lily, recordando el número de veces que mientras hacia su trabajo de documentación se había paseado cargada con el ordenador, la cámara y el resto de la parafernalia necesaria para su trabajo, pensó que sería sencillo acostumbrarse a una vida tan confortable.

El tráfico en la carretera era denso, pero el acolchado interior del coche de lujo los aislaba del aire impregnado de humos del exterior. El cristal que los separaba del chófer y los asientos de confortable cuero creaban un ambiente que Lily encontraba perturbadoramente íntimo.

Afortunadamente, no había la más mínima intimidad entre ellos, ya que Marco se puso a hablar por teléfono en cuanto el chófer cerró la puerta.

Lily sospechaba que lo había hecho para aislarse de ella porque la despreciaba. Pero también estaba convencida de que, al igual que ella, Marco había sentido una corriente eléctrica cuando se habían tocado que se esforzaba en ignorar.

Marco terminó la conversación y se volvió hacia ella.

—La duquesa me ha preguntado si iríamos a pasar un par de noches a su villa. Está claro que le ha impresionado.

La hostilidad en su voz dejó claro lo reticente que era a dedicarle un cumplido.

—Acabo de repasar nuestro programa con mi secretaria, pero si lo desea podemos alargar la gira un par de días.

Lily se reprochó haber asumido que se dedicaba a asuntos personales cuando en realidad estaba trabajando. Pero al instante se dijo que eso solo los igualaba, puesto él que había sido el primero en juzgarla erróneamente. Y ella ya no tenía el menor interés en hacerle cambiar de idea.

Por otro lado se preguntaba qué habría causado la violenta reacción que había tenido hacia lo que creía que ella representaba, aunque dudaba que alguna vez se lo contara. Era demasiado orgulloso, demasiado distante como para ser capaz de hacer ningún tipo de confesión.

—Es una oferta muy generosa —dijo con cansancio—. Me encantaría disponer de más tiempo para estudiar la casa y la colección.

—Muy bien. Le mandaré un correo aceptando la invitación.

El chófer viró hacia la derecha bruscamente para pasar al carril adyacente y, cuando Lily bajó la mano para agarrarse al asiento y evitar deslizarse, la bajó involuntariamente sobre el muslo de Marco.

Sonrojándose, la retiró al instante, pero no a tiempo de evitar un cosquilleo en los dedos y que su imaginación invocara imágenes de bocetos de un musculoso muslo masculino, el de Marco. Como si temiera que él pudiera leerle la mente, miró por la ventanilla.

—Llagaremos al aeropuerto en unos minutos —comentó él.

Sentado en el extremo opuesto de la limusina, Marco se esforzó por ocultar bajo su aparente calma el efecto que el breve contacto de la mano de Lily le había causado. No tenía sentido la corriente de deseo que le había recorrido el muslo hasta la entrepierna. Había estado tan ocupado con el trabajo, que ni siquiera recordaba desde cuándo no mantenía relaciones. Pero estaba claro que desde hacía demasiado tiempo. Eso explicaba su debilidad. Nada más. Su sentido común se indignaba ante la posibilidad de encontrarla físicamente atractiva dado lo que sabía de ella. Era una mujer cuyo estilo de vida aborrecía, alguien que pertenecía al mundo que había acabado por destrozar a Olivia

Olivia, que había sido seducida por una vida excitante y divertida, por la fama que su belleza le proporcionaría lejos de la seguridad y el refugio de sus padres.

Habían pasado varias semanas antes de que descubrieran que se había mudado a Londres. Él le había rogado que volviera; ella le había explicado que tenía trabajo con una agencia de modelos y que compartía piso con otras chicas.

Entonces había ido a ver a la dueña de la agencia para suplicarle que le ayudara. Ella se había mostrado amable y comprensiva, tan preocupada por Olivia, que él había cometido el error de creerla cuando le aseguró que se hacía personalmente responsable de que estuviera a salvo, y que pronto se cansaría de aquella vida y volvería a casa.

Después de tantos años, seguía sintiendo un sabor amargo en la boca al pensar lo ingenuo que había sido a los dieciocho años. Ni por un momento había sospechado que la mujer era prácticamente una madama, y que a cambio de protegerlas las introducía en el mundo de las drogas y de la prostitución.

Y esa vida había acabado por matar a Olivia de una sobredosis, sola, en la habitación de un hotel de Nueva York.

Desde entonces, se había jurado no volver a confiar en nadie y regir su vida por la razón y no por las emociones.

Al menos hasta ese momento.

Hasta la aparición de la doctora Wrightington con sus mentiras y su conexión con todo lo que él más odiaba, jamás había tenido problemas para mantener su promesa.

Sin embargo en el poco tiempo que la conocía, no solo había conseguido quebrar esa resolución, sino que había encontrado una grieta por la que colarse al otro lado de sus defensas personales.

¿Cómo era posible que llevara una doble vida sin sentir la más mínima culpabilidad, que fuera capaz de decir tantas mentiras con tanta convicción?

Marco se fijó de soslayo en su perfil como si buscara una respuesta, pero supo al instante que había cometido un error. Por mucho que su mente solo pretendiera estudiar y analizar los hechos, no lograba controlar su cuerpo, y tuvo que cambiar de postura para aliviar la presión que sintió en la entrepierna. Aun así, no pudo apartar la mirada de ella.

Un sedoso mechón había escapado de su moño y acariciaba su mejilla con una sensualidad que aguzó sus sentidos, arrastrando su mente aceleradamente hacia un terreno peligroso.

Ella inclinaba la cabeza, de manera que se apreciaba la sombra que sus pestañas proyectaba sobre sus mejillas. El ángulo que formaba su cuello dejaba expuesta su delicada nuca. Tenía un lunar en el lado izquierdo de la columna vertebral, en el lugar exacto donde un amante no podría resistirse a dejar un beso.

Su piel olería y sabría al aroma que la envolvía, que recordaba a Marco al perfume de rosas y de lavanda. Sus brazos desnudos eran largos y bien torneados. El reloj le quedaba un poco holgado en la muñeca. Aunque su vestido no era ceñido, él la había observado en la recepción y estaba convencido de que sabía que insinuaba sus senos y las curvas de su cintura y de sus caderas de una manera mucho más sensual que si hubiera pretendido realzarlas. De hecho apenas había podido controlar el impulso de comprobarlas con sus propias, y estaba convencido de que ella era muy consciente de que ese era el efecto que lograba fingiendo no querer llamar la atención sobre su feminidad.

Pero su capacidad de seducción, tal y como había descubierto en la recepción, no se limitaba al sexo opuesto. Todas la mujeres con las que había charlado, incluidas las más estiradas, habían estado encantadas con ella, como demostraba la invitación de la duquesa.

Era innegable que conocía su tema de estudio muy bien y que contagiaba su entusiasmo. De no haber conocido su otra vida, Marco estaba seguro de que se habría convertido en su primer admirador.

Afortunadamente siempre había estado en contra de mezclar placer y trabajo, aunque en aquella ocasión no se tratara propiamente de trabajo, sino de un compromiso voluntario.

Pero no caería en ese error por mucho que no pudiera negar que su cuerpo se sentía extrañamente atraído por el de ella, lo que lo ponía en una incómoda situación que prefería haberse evitado.

Marco se obligó a concentrarse en el momento. Acababan de entrar en la zona privada del aeropuerto. Miró el reloj y vio que iban un poco retrasados respecto al horario previsto. El helicóptero esperaba en la pista de despegue y el chófer detuvo la limusina a unos metros de distancia, bajó y abrió la puerta de Lily, mientras uno de los asistentes que esperaba, descargaba las maletas.

Marco indicó a Lily que subiera al helicóptero, pero en ese momento se dio cuenta de que ella asía el pasamanos de la escalerilla con expresión de pánico y la mirada extraviada, como una niña aterrorizada. Y en contra de toda lógica, Marco tuvo lástima de ella.

–¿No le gusta volar? –comentó–. No se preocupe –sin pararse a pensar en lo que hacía, le tendió la mano, que ella tomó mecánicamente.

Lily sintió que la cabeza le daba vueltas pero el contacto con la mano de Marco le dio estabilidad. Era ridículo que la idea de volar en helicóptero le afectara de aquella manera después de tanto tiempo. También entonces un hombre sonriente la había tranquilizado diciéndole que no corría ningún riesgo, justo antes de enfurecerse y tirar de ella hacia el interior.

Su mano empezó a temblar y a continuación
todo su cuerpo. La frente se le perló de sudor, la
gente que la rodeaba la estaba observando, tenía
que dominarse…

–Si prefiere, podemos viajar por carretera.

Marco habló con calma al tiempo que le acariciaba con el pulgar la muñeca y percibía bajo la
piel su acelerado pulso.

Lily lo miró. Sus ojos eran de color marrón
claro, casi dorado, no azules, y su mirada no reflejaba un deseo libidinoso que la llenaba de repulsión y miedo, sino una dulzura y una com-
prensión que la ayudaron a recomponerse. Tomó
aire.

–No, gracias. Ya me encuentro mejor.

Subió las escaleras y el copiloto la ayudó a
instalarse y ponerse el cinturón de seguridad antes de decirle en tono animoso.

–Llegaremos al lago Como en un abrir y ce-
rrar de ojos.

A continuación Lily observó, sorprendida, que
ocupaba el asiento a su lado.

–El jefe ha tomado el lugar de copiloto –explicó él–. Tiene el título de piloto, pero en esta ocasión solo actuará de ayudante.

La noticia no sorprendió a Lily, que podía
imaginar a Marco manteniendo la calma en medio de cualquier crisis. La última vez que ella había subido a un helicóptero, recordó con un nudo
en el estómago, tenía catorce años, y el recuerdo
de aquel viaje había sido la causa de la reacción
que acababa de experimentar, pero Marco había
logrado ahuyentar sus temores y devolverla al

presente, y le resultó irónico que, dada la hostilidad que él le mostraba, su instinto lo considerara alguien en quien confiar.

Por muy incomprensible que le resultara, algo dentro de sí lo identificaba como un refugio seguro, un lugar que había anhelado encontrar desde hacía años, con una persona que se pusiera de su lado y la protegiera. Pero la experiencia le había demostrado que ese refugio solo era posible dentro de sí misma, y que no debía alimentar la esperanza de encontrarlo en el exterior.

Sin embargo, una voz interior se adueñaba de su subconsciente y, cruelmente, le presentaba poderosas imágenes de seguridad y bienestar en la forma de Marco di Lucchesi. Al tiempo que un instinto aún más primitivo y tan poderoso o más despertaba sus sentidos a otro tipo de consciencia, la de Marco como hombre capaz de despertar su deseo sexual.

La seguridad y el peligro se entrelazaban así en una combinación que no le permitía distinguir entre una cosa y otra.

Hasta la aparición de Marco, había concebido la seguridad como ausencia de deseo; había tenido que sacrificar su sexualidad para protegerse del peligro de repetir los errores que habían cometido sus hedonistas padres. Hasta conocer a Marco había estado en pleno control de sí misma. Pero súbitamente, sin que pudiera explicarse cómo había sucedido, el control tanto de su sexualidad como de su seguridad se habían transferido a un hombre que la despreciaba y la rechazaba.

Lo único que sabía, sin embargo, era que no

debía temer la atracción que sentía hacia él, puesto que estaba convencida de que Marco no era un hombre que se dejara arrastrar por el deseo hacia una mujer a la que aborrecía.

Miró hacia la tierra, pero estaba demasiado oscuro como para que se percibiera algo más que las luces de las carreteras y de las casas.

–No tardaremos en llegar –anunció el copiloto amablemente, pero sin la autoridad característica en Marco que la calmaba automáticamente.

Incluso estando furioso con ella, Lily había sentido esa misma seguridad cuando la había sujetado en sus brazos, además de… Se ruborizó solo de pensarlo y al sentir que la atravesaba una aguda punzada de deseo.

¡Qué ironía que deseara a Marco! Una ironía de la que solo ella tendría conocimiento y que solo ella podía entender.

Empezaron a descender y Lily se esforzó por borrar todo rastro de aquella emoción. Pero fue en vano porque en ese momento Marco se giró para mirarla y ella se sintió como nieve derretida por el sol.

¡Cuánto le habría gustado que las circunstancias fueran otras! ¡Qué distinto sería todo si hicieran aquel viaje como amantes!

¿Cómo era posible que aquellos pensamientos hubieran enraizado en su interior?

Lily no sabía qué pensar. Su único consuelo era saber que Marco no podía leer su mente.

Capítulo 4

EL vuelo transcurrió sin incidencias, y dada la desconfianza que sentía hacia Lily, Marco no supo entender por qué prefería esperar a que ella descendiera por si necesitaba su asistencia, de la misma manera que no supo por qué, durante el vuelo, había tenido que reprimir el impulso de volverse regularmente para asegurarse de que se encontraba bien.

Después de todo, no se trataba de una niña vulnerable, sino de una mujer adulta, deshonesta y amoral, que se aprovechaba de la fragilidad ajena. Y aun así, Marco bajó detrás de ella, asegurándose de que no sufría ningún percance, a la vez que se decía que su único interés era que el viaje no sufriera ninguna alteración. No tenía nada que ver con su bienestar personal.

Un coche con chófer los llevó hasta el hotel.

Naturalmente, Lily se había documentado sobre el edificio, pero ninguna descripción o fotografía podía hacer justicia al elegante esplendor del vestíbulo, con su araña de cristal central, las superficies de mármol pulido y los muebles cubiertos en pan de oro.

Un recepcionista vestido con un uniforme que parecía diseñado por un modisto de alta costura salió a recibirlos y, tras subir con ellos en el ascensor, los guió por varios corredores hasta detenerse delante de una puerta.

–Tal y como nos solicitó, hemos reservado para su invitada una suite con vistas al lago –dijo abriendo la puerta. Volviéndose a Marco, añadió–: ¿Le gustaría verla?

Marco negó con la cabeza y dijo a Lily:

–Nos vemos en el bar dentro de media hora. Durante la cena, repasaremos el plan de mañana.

Lily asintió.

–El chico le traerá la maleta enseguida –le anunció el recepcionista–. Si necesita cualquier cosa, pídasela, por favor.

–Gracias –Lily fue a entrar, pero se detuvo para ver dónde quedaba la habitación a la que Marco era conducido.

Era absurdo sentirse sola y abandonada y como si necesitara saber dónde dormía en caso de que lo necesitara. Oyó cerrarse su puerta al fondo del pasillo, el recepcionista desapareció, y ella finalmente entró en… No era un dormitorio, sino una suite del tamaño de un apartamento, con un dormitorio, un salón y dos cuartos de baño. La decoración imitaba el estilo georgiano, y los tonos dominantes eran berenjena y azul grisáceo. En la cama había numerosos cojines y una manta pequeña también de color berenjena a los pies, sobre una colcha de color crema. Tanto el dormitorio como el salón se abrían a una pequeña terraza en la que cabían una mesa y dos sillas.

Aunque no podía verlas en la oscuridad, Lily supuso que las vistas al lago debían ser espectaculares, como lo era en aquel momento el reflejo de la luna sobre el agua y la infinidad de luces que parecían bailar en la orilla creando una imagen de ensueño.

Una llamada a la puerta anunció la llegada del botones con su maleta. Lily lo despidió después de darle una propina y abrió la maleta. Había hecho el equipaje cuidadosamente. Para las noches había incluido una falda tubo de punto negro que podía usar en dos largos distintos, así como de vestido sin tirantes. Como posibles conjuntos, llevaba un jersey fino, de manga tres cuartos y cuello de barco, una rebeca larga con mucha caída y una blusa de seda crema. Confiaba en que, añadiéndoles algunos accesorios, le permitieran hacer suficientes combinaciones como para cubrir los distintos eventos a los que tuviera que acudir.

Para el día, había elegido dos pares de pantalones negros, unos vaqueros y varias blusas y camisetas intercambiables. Por si acaso, había incluido una gabardina.

Aquella primera noche decidió dejarse el vestido caramelo, combinándolo con un chal negro. Como el moño había empezado a deshacerse, se soltó el cabello.

Marco estaba a punto de sentarse en el bar cuando la vio entrar. Aunque llevaba el mismo vestido que había usado en la recepción, se había puesto un chal negro que sujetaba al hombro con un broche de oro. Marco tuvo que reconocer que conseguía estar elegante y sencilla a un tiempo y no pudo evitar fijarse en cómo el cabello suelto le caía en suaves ondas enmarcando la delicada estructura de su rostro.

No le sorprendió que varios de los presentes, tanto hombres como mujeres, la siguieran con la mirada. Sin embargo, sí le extrañó que Lily pareciera no notar en absoluto que era objeto de admiración, y que su actitud fuera más titubeante que segura de sí misma. Al menos hasta que lo vio y, cuadrándose, alzó la barbilla en actitud desafiante. Nadie que la viera en aquel momento podría relacionarla con el sórdido estudio en el que él la había conocido.

Marco se puso en pie.

—¿Quiere tomar algo o prefiere que pasemos directamente a cenar?

—Prefiero cenar.

—Muy bien.

Con una leve inclinación de cabeza llamó al maître, que los condujo al restaurante.

—¿Qué le parece el hotel? —preguntó él al ver que Lily estudiaba atentamente la sala.

—La decoración es espectacular —dijo ella—, pero si una mujer viene pasar un fin de semana romántico, debe tener mucho cuidado con el vestuario que elige para no competir con la decoración.

—Si está con un hombre que la desea, la única ropa que necesita una mujer es su piel —dijo Marco.

Lily sintió que le ardían las mejillas y se alegró de que la tenue luz que iluminaba el comedor disimulara su turbación. Por si caso, se ocultó tras el menú.

Detrás del suyo, Marco se maldijo por haber hecho un comentario con el que había invocado tórridas imágenes de Lily desnuda, sobre su cama, mirándolo expectante. Su piel de una traslúcida perfección, sus pezones rosas, su sexo cubierto por un suave vello rubio. Sus piernas, largas y bien torneadas entrelazadas con fuerza alrededor de su cintura…

Marco se irritó con ella porque, de no haber sabido quién era en realidad, habría resuelto el problema acostándose con ella. No era la primera vez que una mujer lo excitaba, pero sí la primera a la que deseaba con tanta intensidad. Ni siquiera se reconocía, y de hecho se sentía al borde de un precipicio, cuando toda su vida había tenido los pies firmemente asentados en un terreno familiar.

Y esa sensación le incomodaba porque a él le gustaba actuar aplicando la lógica y la razón y poder dominar sus reacciones, en lugar de sentirse a su merced.

Pero lo que más le irritaba era que Lily no actuara de acuerdo a la idea que se había hecho de ella. A pesar de que no podía engañarlo, lo cierto era que mostraba facetas de su personalidad que lo desconcertaban. Hasta el punto que llegaba a preguntarse si no estaría equivocado. Pero eso era imposible.

Si se comportaba con amabilidad con ella era por razones profesionales, por el compromiso que había adquirido con la Fundación. Habría preferido no pasar ni un minuto más con ella, pero su orgullo le impedía tomar una decisión que equivaldría a admitir que su presencia lo turbaba.

Dejó el menú sobre la mesa decidido a ignorarla, pero al mirar a su alrededor no pudo evitar pensar que, aunque había numerosas mujeres hermosas en el comedor, ella destacaba por su elegancia natural. Tomándolo por sorpresa, se le pasó por la cabeza la idea de que cualquier hombre se sentiría orgulloso de tener una esposa como ella, culta, inteligente, hermosa y elegante. Pero rectificó al instante: ¿qué orgullo podía sentir nadie al estar casado con una mujer en la que no podía confiar y que ocultaba su verdadera personalidad bajo una máscara?

El camarero esperaba a que Lily pidiera.

—Tomaré *missoltini* —dijo finalmente, refiriéndose al pescado típico del lago—. Y luego *risotto*.

—Lo mismo para mí —dijo Marco.

Entonces llegó otro camarero con la lista de vinos. Marco le echó una ojeada y preguntó a Lily:

—¿Qué le parece un Valtellina? Ya sé que es tinto y que empezamos con pescado, pero…

Lily rio por primera vez desde que se conocían. Le gustaba que Marco le consultara en lugar de elegir directamente, y sabía bien por qué sugería aquel vino.

—Si era lo bastante bueno como para que lo bebiera Leonardo, también lo es para mí —dijo.

Marco había sospechado que esa sería su respuesta y en parte esa era la razón de que lo hubiera sugerido.

Lily creyó ver una sonrisa en sus labios, como si disfrutara de una broma privada. Su sonrisa era cálida y dejaba intuir un hoyuelo en su barbilla. Era una lástima que no estuviera dirigida a ella.

El vino llegó en aquel momento, distrayéndola de aquel pensamiento.

–De acuerdo al itinerario –dijo él–, mañana por la mañana visitaremos Villa Balbinnello. Como sabe, la mayoría de las casas a las que vamos a acudir no están abiertas al público.

Lily asintió. Marco estaba dándole los detalles del viaje mientras tomaban café tras la cena. A continuación añadió:

–Ya que tenemos que levantarnos temprano y que todavía me queda algo de trabajo por hacer, creo que me voy a retirar. A no ser que quiera más café.

Lily sintió una pasajera desilusión que prefirió ignorar. Sacudió la cabeza.

–No gracias, o no dormiré.

Debía sentirse agotada, pero la tensión y los nervios la mantenían alerta. Había sido un día muy largo y complicado, que había transcurrido como un viaje en una montaña rusa desde que Marco había aparecido en el estudio.

Como habían cenado temprano, el comedor seguía lleno cuando se pusieron en pie para marcharse. Al pasar junto a una mesa, una espectacular morena acompañada por un grupo, vio a Marco y se le iluminó el rostro.

–Marco, *ciao* –lo llamó.

A Lily no le sorprendió que Marco se detuviera a charlar con ella, o que, cuando ella se puso en pie, resultara tener una figura perfecta envuelta en un favorecedor vestido.

Discretamente, masculló un «buenas noches» y salió al tiempo que sacaba del bolso la tarjeta de su dormitorio.

En la sala previa al comedor, se cruzó con un numeroso grupo de gente, obviamente del mundo de la moda, de paso por Milán. No le costó reconocerlos porque sabía identificar la mezcla de ropa cara y más o menos excéntrica, así como la combinación de hombres maduros y jóvenes y raquíticas modelos además de mujeres más maduras que obviamente eran las editoras de las correspondientes revistas. Nunca se había sentido cómoda en aquellos círculos, y el hecho de que le recordaran el pasado siempre hacía que se le pusiera un nudo en estómago y que sintiera sudores fríos.

Aceleró el paso tratando de ignorarlos, pero se paró en seco cuando un hombre se interpuso en su camino y la sujetó del brazo a la vez que le dedicaba una sonrisa de serpiente. Lily lo identificó al instante y el olor de su aliento le hizo sentir náuseas y pánico. Anton Gillman. Un hombre al que odiaba y que le repugnaba.

−¡Lily, qué maravillosa sorpresa! ¡Y tan mayor...! ¿Hace cuánto que no nos veíamos, doce años…?

Usó el tono de un adulto hablando con un niño que Lily conocía tan bien, y con el que sabía que pretendía herirla. Tuvo la tentación de corregirlo y decirle que en realidad eran trece, pero prefirió hacerle creer que le resultaba indiferente.

Alguien tropezó con ella y la tarjeta de la habitación se le cayó al suelo. Él se le adelantó a recogerla y estudió el número detenidamente antes de devolvérsela.

–Si es una invitación…

Lily sintió horror y se la quitó bruscamente.

–Claro que no –exclamó, indignada–. Sabes que jamás…

Calló por temor a lo que pudiera decir. La gente que lo acompañaba había entrado en el comedor. Lily sentía calor y frío a la vez, como si tuviera fiebre.

Pero en lugar de sentirse irritado por su rechazo, a Anton pareció hacerle gracia, porque rio y sacudió el cabello negro que, como en el pasado, le llegaba casi a los hombros.

–¡Vamos, Lily, sabes que es mejor no decir nunca «jamás»! Después de todo, tenemos unas cuantas cosas pendientes y me causaría una enorme satisfacción resolverlas, sobre todo en un lugar tan acogedor como este.

Lily no pudo disimular el escalofrío que la recorrió y volvió a sentirse como una niña de catorce años, asediada por un adulto sin escrúpulos.

–Tengo veintisiete años –apuntó, mientras el pasado y el presente batallaban en su interior–. Demasiado mayor para satisfacer tus gustos.

Él la observaba con una mirada insinuante que incrementó su pánico.

–Te equivocas, Lily. Siempre me has resultado excitante. Dicen que una oportunidad desperdiciada es siempre la más deseada. ¿Estás sola?

Lily vaciló antes de mascullar:

–No.

Había titubeado lo bastante como para que él

se diera cuenta de cómo se sentía. Dejó escapar una carcajada.

–Sé que mientes –dijo él, fingiéndose desilusionado–. ¡Qué excitante que todavía me temas! Eso aumentará el placer de poseerte. Porque has de saber que pienso poseerte, Lily. Me lo debes. Es maravilloso que hayas vuelto a mi vida de una manera tan fortuita. Y que te alojes en la suite dieciséis.

Marco observó a Lily desde el comedor con un creciente desdén. Por la proximidad a la que hablaban, era evidente que conocía muy bien al hombre con el que se había encontrado. Él debía de ser al menos veinte años mayor que ella e iba muy bien vestido, aunque en un estilo algo llamativo.

–Marco –dijo Izzie Febrettu, dándole suavemente con el codo–. No me estás escuchando.

–Estoy seguro de que tu marido te escuchará con mucho placer, Izzie –dijo él antes de añadir–: Discúlpame

Y se alejó. En el pasado, Izzie y él habían sido amantes. ¿Lo habrían sido Lily y aquel hombre? ¿Por qué esa posibilidad lo enfurecía?

–Anton –lo llamó un hombre desde el restaurante. Y él se marchó, liberando a Lily, aunque las piernas le temblaban tanto que no pudo ni moverse.

No podría sentirse a salvo sabiendo que estaba

en el mismo hotel que ella y que, por casualidad, había averiguado el número de su habitación. ¡Cuánto había disfrutado al amenazarla y aterrorizarla! Tanto como en el pasado, cuando amenazaba y aterrorizaba a las jóvenes cuyas vidas destrozaba.

–¿Un viejo amigo?

La voz de Marco la sacó del túnel del tiempo en el que se había adentrado tras el encuentro con Anton Gillman. Se giró bruscamente, tragó saliva y finalmente dijo titubeante:

–Si no le importa… Estoy muy cansada… Será mejor que me retire.

Y sin esperar respuesta, fue hacia el ascensor. Necesitaba escapar de la proximidad de Anton Gillman, que contaminaba cualquier lugar por el que pasaba. La había pillado desprevenida y ella había permitido que se aprovechara de su desconcierto.

Marco la vio marchar precipitadamente y se preguntó si habría concertado una cita con aquel hombre. Puesto que no se había molestado en contestarle si se trataba de un viejo amigo, sospechó que era algo más.

Capítulo 5

LILY llevaba más de una hora sentada al borde de la cama, vestida, mirando la puerta en tensión. Aunque había cerrado con llave, no lograba sentirse a salvo, y estaba segura de que ese estado no cambiaría mientras supiera que Anton Gillman estaba en el hotel.

Por más que intentaba aplicar la razón, su miedo se incrementaba con cada minuto que pasaba. Miró el reloj. Eran las doce. Le quedaba una noche entera de pánico por delante. El viento hizo vibrar las puertas del balcón, sobresaltándola.

Y de pronto, como si una semilla germinara en su mente abriéndose camino en la oscuridad, recordó el sueño que había tenido y los sentimientos que le había despertado. Había un lugar en el que podía sentirse a salvo; una persona que la haría sentirse protegida si se atrevía a pedírselo. Marco. Si le contaba lo de Anton, la protegería.

Decidida a seguir sus instintos, Lily se puso en pie y, tras tomar su bolso, prácticamente corrió por el corredor hasta la suite de Marco.

Marco acababa de salir de la ducha y trataba de ignorar la voz interior que le decía que si estaba contento de estar solo era porque le inquietaba el efecto que Lily tenía sobre él cuando oyó que alguien llamaba a la puerta con urgencia. Se puso una toalla a la cintura y acudió, asumiendo que debía de ser una emergencia.

Aunque no sabía qué esperaba encontrarse, en ningún momento se le había pasado por la mente que pudiera ser Lily. Y menos aún que, sin esperar a ser invitada, pasara de largo y entrara sin esperar a ser invitada.

Por fin estaba a salvo, en un refugio… Lily sintió tal alivio, que solo cuando ya estaba dentro se dio cuenta de que Marco tenía el cabello húmedo y que solo llevaba una toalla a la cintura. Intentó desviar la mirada, pero le resultó imposible, y la reacción física inmediata que sintió le hizo olvidar por unos segundos su angustia y la razón de haber acudido a él.

Marco, que se vanagloriaba de su habilidad para controlar su vida, decidía quién tenía derecho a entrar en ella y cuándo. Jamás había visto cuestionado ese derecho, y jamás hubiera pensado que pudiera llegar a suceder. Él era el príncipe di Lucchesi y nadie se saltaba las normas que había establecido. Al menos hasta ese momento, hasta que Lily se había presentado en su dormitorio sin ser invitada. Tuvo que hacer un esfuerzo para asimilar que alguien hubiera osado derribar sus defensas y los límites de su espacio personal, algo que nunca autorizaba hacer a nadie. No le gustaba la intimidad física intrascendente porque sabía que terminaba dando lugar a la exigencia de intimidad emocional.

Algo que él ni quería ni estaba dispuesto a dar. Por eso mismo su vida privada era tan valiosa para él. Como amante, se ocupaba de dar satisfacción a sus compañeras, pero como hombre, prefería dormir solo.

Pero allí estaba Lily, irrumpiendo en su espacio personal y mirándolo como si...

¿Sería consciente del efecto que estaba teniendo en él la forma en que lo miraba? Con amargura, supuso que sí, y que por eso lo hacía. Él no era particularmente vanidoso respecto a su cuerpo, comía saludablemente y hacía ejercicio, pero no estaba ni mucho menos obsesionado con su forma física. Sin embargo, Lily lo observaba como si fuera un magnífico espécimen del género masculino. Una mirada con la que, sin duda, pretendía alimentar su ego.

Después de todo, era una mujer que conocía todos los mecanismos de la manipulación y cualquier que fuera la causa de su visita, estaba seguro de que no se debía a un súbito deseo de estar con él.

–¿Qué hace aquí? –preguntó arisco–. ¿Qué quiere?

Su voz sacó a Lily del estupor en el que había caído al verlo prácticamente desnudo y la devolvió a la realidad.

–Tenía que venir. Ver a Anton después de tanto tiempo... Sabe el número de mi habitación... No podía seguir allí –el miedo la hizo balbucear.

–¿Anton? –preguntó él mecánicamente, arrepintiéndose al instante de no haberla echado de inmediato.

–Anton Gillman –bastaba mencionar el nombre para que Lily se estremeciera.

Marco la miró con el ceño fruncido.

–¿El hombre con el que la he visto esta noche?

–Sí.

–Le ha dado el número de su habitación.

–No. Se me cayó la tarjeta y lo ha visto. Tenía miedo de que viniera a por mí…

La expresión de rostro de Lily desconcertó a Marco al identificar en él un intenso miedo que era también perceptible en sus ojos y en el temblor de su voz. A su pesar, verla tan angustiada le hizo sentir lástima de ella y despertó en él un instinto primario de protegerla.

Pero no estaba dispuesto a dejarse llevar por ese impulso.

–Tendrá algún motivo.

Lily se estremeció al pensar en el motivo por el que Anton la acosaba. Marco la observó y sintió emerger un recuerdo que llevaba tiempo enterrado. Una y otra vez, Olivia acudía a él con el rostro hinchado y amoratado, suplicándole que la llevara a casa, que la salvara de su último novio y de sus abusos, para en menos de doce horas oírle decir que nada ni nadie podrían separarla del hombre al que amaba, y que si era violento, no era más que por celos.

Algunas mujeres eran así: no podían dejar a los hombres que las humillaban. Algunas incluso disfrutaban despertando celos en ellos para acabar volviendo a su lado. ¿Sería esa la intención de Lily? ¿Como sabía que su exnovio iría a buscarla, quería hacerle creer que estaba con otro?

Con una sonrisa cínica, Marco decidió que estaba en lo cierto.

—Sé lo que pretende. Quiere hacer creer a ese tal Anton que somos amantes.

Había conseguido superar su breve debilidad hacia ella. Estaba convencido de que el pánico que había creído percibir era fingido. Era una gran actriz, pero él ya no tenía dieciocho años ni caía en la trampa de confiar en una mujer por el mero hecho de serlo, o de creer cualquier mentira que le contara.

Lily lo miró desesperada y espantada de que la creyera capaz de algo así.

—Eso no es verdad —protestó—. Tengo tanto miedo que…

Sintió un escalofrío con tan solo imaginar que el hombre al que despreciaba y temía pudiera tocarla, pero Marco no se dio cuenta porque estaba demasiado ocupado manteniendo sus propios mecanismos de defensa activos.

Lily se había presentado en su habitación mirándolo como si fuera el primer hombre que veía en su vida y por un instante él había estado a punto de caer en su trampa. Ese era un peligro que no podía volver a correr. Destruir esa reacción era mucho más sencillo que permitir que despertara en él cualquier vulnerabilidad. Y para ello, no podía dar cabida a la mínima duda que le hiciera cuestionarse si se equivocaba al juzgarla, ni pensar que su explicación presentara algunos puntos cuestionables, como lo absurdo que resultaba que Lily pusiera tanto empeño en despertar los celos de un hombre con el que se encontraba casualmente.

—No la creo —dijo con determinación—, así que está perdiendo el tiempo. Ahora, si no le importa, le ruego que se marche. Tengo cosas que hacer.

Sin esperar respuesta, Marco dio media vuelta y fue hacia la puerta. En ese momento, llamaron al teléfono y fue a contestarlo.

Presa del pánico, Lily solo podía pensar en cómo convencerlo para que la dejara quedarse, diciéndose que bajo su fría apariencia tenía que latir un corazón humano.

Marco le daba la espalda y ella, impulsada por la adrenalina del miedo, corrió al dormitorio y cerró la puerta. Temblaba de la cabeza a los pies, tenía la boca seca. Se metió en la cama y se tapó con las sábanas, aunque lo que habría querido hacer era esconderse en algún sitio donde nadie pudiera encontrarla.

La reacción de Marco le había dejado claro que solo sentía desprecio y desconfianza hacia ella. Pero al menos eso le daba la ventaja de que preferiría dejarla donde estaba antes que contaminarse tocándola para obligarla a salir de la habitación.

O al menos eso fue lo que quiso creer porque de lo que estaba segura era de que no podía volver sola a su suite y dejar que el miedo se apoderara de ella. Por más que supiera que los hombres como Anton se alimentaban del miedo que inspiraban a sus víctimas, no podía hacer nada por dominar el que sentía.

La puerta del dormitorio se abrió y Marco apareció en el umbral furioso.

—No pienso volver a mi habitación —dijo Lily retadora—. Me pienso quedar aquí. Con usted.

Aquellas palabras acabaron por sacar a Marco de sus casillas. ¿De verdad creía que él estaba dispuesto a tomar parte en su juego? ¿Acaso pensaba que no tenía instintos masculinos, que no se sentiría tentado por la oferta?

Caminando hacia ella con paso firme, dijo fuera de sí:

—Debía de ser muy bueno.

—¿Qué?

—Debía de ser muy bueno en la cama si está tan desesperada para recuperarlo. ¿O no pretende despertar sus celos para que vuelva a su lado? —Marco había llegado junto a la cama y alargó la mano hacia las sábanas.

—Claro que no. Marco, por favor, deje que me quede —suplicó ella, asiendo las sábanas con fuerza.

Él las sujetaba justo a la altura del pecho de Lily, y el leve roce de sus dedos hizo que sus pezones se endurecieran hasta casi dolerle, a la vez que una corriente la recorría y se asentaba como una pulsante caricia en su sexo.

Entonces, se sintió invadida por un pánico de otra naturaleza y se revolvió bajo las sábanas, desconcertada con la sensualidad que rivalizaba con su temor.

—Por favor, Marco —suplicó de nuevo.

Marco sabía que su control pendía de un hilo y que el deseo estaba creciendo en él como una marea. Pero en ese momento, oyendo la respiración agitada de Lily y viendo sus labios entreabiertos que parecían reclamarlo, recordó que solo pretendía utilizarlo y recuperó el control.

Pero eso no impidió que imaginarla con otro hombre le resultara insoportable, y ese sí que se traba a de un sentimiento que jamás había experimentado antes. ¿Cómo podía sentir celos de que Lily deseara a otro hombre? Por muy inconcebible que le resultara, esa era la verdad. Y la única explicación posible era que aquella mujer había conseguido despertar una parte de sí mismo que desconocía. Una versión dominada por los más primitivos instintos.

La idea de que aquellos voluptuosos labios pertenecieran a otro hombre atacaba la línea de flotación del orgullo de ese nuevo Marco. Maldiciendo entre dientes, recorrió el cuello de Lily con los dedos antes de inclinarse y susurrarle con voz aterciopelada:

–Está bien. Si no te marchas, tendremos que darle motivos de verdad para sentirse celoso.

Y la besó.

Desde ese mismo instante, Lily olvidó cualquier otra cosa. Inmediatamente se encontró devolviéndole el beso al tiempo que sus alterados sentidos explotaban en una corriente de hambrienta sensualidad.

Marco supo que en algún lugar de su mente había intuido nada más verla la pasión que podía estallar entre ellos. Lo había percibido y había tratado de evitarlo, pero ya era demasiado tarde. Por eso mismo se había enfurecido consigo mismo, porque sabía que su cuerpo ardería al entrar en contacto con la sensualidad de ella. El hambre que despertaba en él era como una corriente subterránea. Por eso mismo había preferido sentirse enfadado con ella: porque sabía que despertaría en él un deseo tan profundo, que acabaría perdiendo el control.

Lily gimió. Por primera vez descubría lo que un hombre podía llegar a hacer sentir a la mujer que lo deseaba, y comprendió por qué siempre había tenido tanto miedo y había preferido esconderse. También comprendió por qué en aquel momento quería entregarse plenamente, y ofrecer al hombre que despertaba en ella aquellas sensaciones su cuerpo y sus emociones como si se tratara de un sacrificio pagano.

Se asió al cuello de Marco instintivamente, necesitando que su fuerza la ayudara a avanzar por aquellas procelosas aguas y la condujera a la satisfacción de los deseos y anhelos que aquella intimidad había hecho surgir en ella.

Titubeante, alargó la lengua y la retiró bruscamente al sentir la sacudida de sensaciones que tan leve contacto le causaba en todo el cuerpo. Pero al instante volvió a alargarla y a entrelazarla con la de Marco en un movimiento lento que le aceleró el corazón.

La exploración hizo gemir a Marco al tiempo que despertaba el deseo en él de una mayor intimidad. Y cuando ella pareció detenerse, él le tomó el rostro y comenzó a mover su lengua contra la de ella con una rítmica sensualidad que estuvo a punto de hacer que a ella se le parara el corazón. Para Lily, aquel ritmo era el ritmo de la vida, de la creación.

Las sábanas se habían deslizado y Marco sintió el movimiento de sus senos a través de la ropa contra su pecho desnudo. Y a pesar de que se dijo que no debía precipitarse, le quitó el vestido y el sujetador, y su cuerpo reaccionó violentamente al contemplar las suaves y redondas formas de sus perfectos senos coronados por dos preciosos pezones rosados, endurecidos por la excitación. Gimió de nuevo mientras intentaba luchar contra su propio deseo, pero la batalla estaba perdida, y a la vez que cubría uno de sus pechos con la mano y lo acariciaba, volvió a besar a Lily más profundamente.

Mientras, Lily intentaba comprender cómo había pasado del pánico a aquella delirante fiebre.

Marco sintió su sexo endurecerse bajo la toalla. Una erección pulsante le bombeaba la sangre por las venas.

¿Habría sido el miedo lo que indirectamente había despertado en ella aquel torrente de feminidad salvaje, aquella frenética ansia de hacerse con todo lo que Marco le ofreciera? Lily no lo sabía. Solo era consciente de que sentir su lengua y sus dedos acariciándole los pezones eróticamente la estaban volviendo loca de placer. A ella, una mujer que a sus veintisiete años jamás había experimentado antes la pasión plena del deseo.

Alargó la mano hacia el cuerpo de Marco, explorando los músculos de sus hombros, palpando cada milímetro de su espalda como si quisiera aprendérsela de memoria. Cada uno de sus sentidos clamaba por ser saciado. Desde lo más profundo de su ser, sentía la llamada del deseo abrasándola.

Marco sintió la mano de Lily descansando en su cintura, al borde de la toalla, y su cuerpo se estremeció anhelante.

Su lengua recorrió la boca de Lily, sus labios aprisionaron los de ella con ansiedad. Una extraña locura se apoderó de él. Una voz, la suya, aunque le resultó irreconocible, suplicó entre besos:

–Quítamela.

«Quítamela y tócame. Tócame como si fuera el primer hombre en tu vida», fue lo que querría haber dicho.

–Marco... Marco... –su nombre escapó de los labios de Lily como un suspiro, como el gemido de un palpitante anhelo, y deslizó las manos por debajo de la toalla, tocándolo al tiempo que se la retiraba.

Lily era una hechicera que lo seducía y lo atraía a un mundo de sensualidad, atrapándolo con cada caricia, con cada movimiento, con cada uno de los gemidos con los que respondía a lo que él le hacía. Era la mujer más excitante y dulce que jamás había tocado o saboreado, la única mujer que su cuerpo quería llegar a conocer profundamente. El deseo que despertaba en él le hacía olvidar toda cautela, hacer oídos sordos a la voz interior que le aconsejaba protegerse. Lo único que importaba en aquel instante era el latido del corazón de Lily contra su mano, su pezón endurecido presionándole la palma como si le pidiera que lo retorciera entre sus dedos, y el cuerpo de Lily arqueándose contra él en respuesta, ofreciéndole el fruto prohibido que él tomó entre los dientes, mordisqueándolo y chupándolo, succionándolo.

El placer que le proporcionó la boca de Marco arrancó de ella un gemido prolongado. Impulsivamente lo sujetó por la cabeza para mantenerlo pegado a ella, obligándole a terminar lo que había empezado.

La luz procedente de la sala iluminaba el cuerpo desnudo de Marco y Lily pensó en medio de una nebulosa que parecía una escultura de bronce. Ansiaba absorber cada detalle, desde la línea curva de su pantorrilla a sus poderosos muslos, que Leonardo habría querido dibujar. Y luego seguiría subiendo…

En la penumbra, la visión de la sombra de vello que cubría el vértice de los muslos de Marco la hizo estremecer, y su sexo erecto, prueba tangible de cuánto la deseaba, le hizo alargar la mano en un impulso del que jamás se hubiera creído capaz y rodear su sexo con ella antes de proceder a moverla arriba y abajo en un sensual vaivén que le permitió descubrir la suavidad de la piel que recubría su duro sexo.

Marco le tomó las manos y se las sujetó contra el colchón, iniciando entonces un viaje exploratorio de besos por su vientre y entre sus muslos mientras Lily se retorcía y temblaba bajo sus eróticas caricias. El deseo la sacudía como si la bombardeara una sucesión de relámpagos, incrementando su necesidad de ser plenamente poseída por él.

Anticipó las imágenes de ese momento de febril y completa intimidad, y su sexo se humedeció. La lógica y el sentido común por el que siempre se había regido la habían abandonado, vencidas por un devastador deseo.

Marco miró a Lily, que se retorcía de placer bajó él y se preguntó cómo era posible que aquella mujer se hubiera convertido en la poseedora de la llave que daba acceso a las respuestas para todos los interrogantes de su vida. ¿Cómo era posible que por el hecho de respirar, de existir, despertara cada uno de sus sentidos al tiempo que alimentaba el deseo que le hacía experimentar de manera que nunca llegara a sentirse satisfecho?

–Por favor… Por favor…

El grito agudo, cargado de ansiedad de Lily atravesó la nebulosa que se había creado con los sonidos propios del sexo: los jadeos, el roce de los cuerpos contra las sábanas, los besos contra la piel tensada por el deseo.

Aquel grito no podía estar dirigido a él. Marco estaba seguro de que no era posible.

Ese pensamiento lo devolvió a la realidad tan súbitamente como si alguien le hubiera tirado un cubo de agua fría. Soltando a Lily, se separó de ella bruscamente y le dio la espalda, poseído por una mezcla de rabia y de repulsión.

No necesitó mirarla para estar seguro de que lo miraba con gesto triunfal al haber conseguido que dejara emerger lo vulnerable que era a sus encantos. ¿Cómo había permitido que llegaran tan lejos? ¿Cómo había consentido que su deseo hacia ella lo arrastrara por aquella senda de autodestrucción? Y lo que era aún peor, ¿cómo había dejado que sus sentimientos se implicaran en lo que en todo caso debía haber sido exclusivamente un modo de satisfacer una necesidad sexual?

Lo único positivo que había sacado de la experiencia era confirmar sus sospechas iniciales sobre ella en lugar de dar cabida a la duda. Porque tenía que reconocer que había empezado a pensar y a sentir… ¿Qué? ¿Que hacer el amor con ella era una buena idea? Sonrió con cinismo. No debía buscar excusas a su comportamiento, sino dejarle claro a Lily que, lejos de haberse dejado llevar por un impulso, su comportamiento formaba parte de un detallado plan. Era lo menos que podía hacer para dejar su orgullo intacto.

Tomó aire y lo exhaló lentamente. Luego dijo con amargura:

—Mantener relaciones con alguien porque no puedes tenerlas con quien realmente te apetece puede que sea la forma en que os comportáis en tu mundo, pero en el mío, que quizá sea un poco anticuado, a eso se le considera venderse barato. Tener sexo con otro hombre para poder pavonearse ante un examante es caer todavía más bajo y tiene un nombre que preferiría no pronunciar en presencia de una mujer, incluso una como tú. Como hombre, te puedo asegurar que, si crees que tener sexo con otro hombre va a devolverte a tu amante, es que sabes de los hombres mucho menos de lo que crees —dijo con aspereza antes de ponerse en pie.

Para Lily, que todavía intentaba recuperarse del intenso y agónico dolor de la necesidad insa-

tisfecha que le recorría el cuerpo, aquellas palabras fueron como un látigo que le dejara la piel
en carne viva, un tormento de humillación y dolor. ¿Cómo se había dejado… excitar hasta el
punto de que lo único que le había importado era
que Marco la poseyera sin tener en cuenta ni su
orgullo ni su dignidad? La vergüenza que experi-
mentó fue como sal esparcida sobre sus heridas.
Marco la había engañado deliberadamente para
exponer su vulnerabilidad. Sintió ganas de devolver, y la única manera que se le ocurrió de defenderse fue diciendo con voz quebradiza.

—¡Esto no debía haber pasado!

Le resultaba tanto física como emocionalmente doloroso que Marco tuviera una opinión tan
deplorable de ella, pero no estaba en condiciones
de defenderse. Estaba demasiado atónita con la
respuesta que había despertado en ella como para
poder concentrarse en otra cosa que asimilar lo
que acababa de pasar.

—Desde luego que no —asintió Marco airado.

No se atrevió a decir más, ni siquiera a quedarse en la misma habitación que ella, porque no
podía confiar en sí mismo, ni estar seguro de poder reprimir la tentación de volver a tomarla en
sus brazos y hacerle el amor hasta conseguir que
no deseara a ningún otro hombre, tal y como él se
sentía respecto a ella en relación a cualquier otra
mujer.

Enfurecido consigo mismo por esa debilidad,
Marco fue hacia la sala y cerró la puerta tras de sí
para poner distancia entre ellos. En su pecho sentía una presión provocada por la intensidad de

unas emociones que resultaban tan contrarias a su naturaleza.

Nunca se había sentido así, ni siquiera había imaginado que pudiera llegar a sentir así y ser poseído por ese tipo de necesidad masculina, por deseos y pensamientos que siempre había creído tener bajo control.

Que fuera una mujer como Lily quien hubiera provocado ese descontrol era aún peor. ¿Cómo podía dejar que lo derrotara una mujer a la que debía despreciar?

Miró hacia la puerta de dormitorio. El Marco que le resultaba familiar no habría tardado ni un segundo en entrar en el dormitorio y echar a Lily de su cama. Sin embargo, el que era en aquel momento no confiaba en sí mismo por temor a terminar metiéndose en ella para acabar lo que habían empezado. Y eso no podía permitirlo.

Lily debía de estar riéndose, gozando del poder que ejercía sobre él. Marco recorrió la habitación de arriba abajo cada vez más furioso, consciente de que no podía huir ni de aquel lugar ni de la mujer que le hacía sentir de aquella manera.

En el dormitorio, Lily permaneció en tensión dentro de la cama. No le extrañaba que se hubiera mostrado tan despectivo porque ella misma no entendía cómo había podido actuar como lo había hecho. Ella, a la que siempre había aterrorizado el efecto que tenía en las mujeres su necesidad de entregarse a un hombre completamente. Ella, que había crecido creyendo que el deseo sexual conducía al abuso y a la degradación, a que una persona utilizara a otra, a que perdiera el control sobre su vida.

Siempre había sentido alivio de ser inmune a aquella llamada. Nunca había sentido curiosidad por descubrir qué tenía de especial, ni su poder. Había encontrado seguridad en la abstinencia, un mundo en el que podía respirar.

Antón Gillman le había producido un miedo que había dominado todos los aspectos de su vida, un miedo del que se había liberado pero solo parcialmente al perder la virginidad a los dieciséis años con un chico tan inexperto y torpe como ella. Todo lo que había hecho en su vida de adulta había estado guiado por la obsesión de mantenerse alejada del pasado, incluida la elección de trabajo.

Pero, evidentemente, se había equivocado al creer que estaba a salvo de los problemas que el sexo causaba a los demás.

Tan solo hacía unos minutos, en los brazos de Marco, había olvidado todo lo que había aprendido, y su excitación y el deseo que había sentido por él le habían hecho ignorar todo peligro.

Habría querido esconderse en algún sitio y desaparecer como cuando de pequeña se escondía en el armario del estudio de su padre en el que guardaban el equipo fotográfico, pero no tenía dónde esconderse de lo que había en su interior. Su cuerpo seguía en tensión por el deseo insatisfecho, y por más vergüenza que sintiera, sabía que no habría necesitado demasiados estímulos para volver a estallar fuera de control. Una leve caricia de Marco, un beso, bastarían. ¡Marco! Había acudido a su suite porque a un profundo nivel emocional había creído que representaba la seguridad y la protección que siempre había necesitado y que nunca había tenido.

Pero había descubierto que Marco era mucho más peligroso que Anton, porque a él no era capaz de resistirse. Solo imaginar que apareciera y la tomara en sus brazos le hacía sentir un anhelo que la dejaba sin aliento y que la poseía por completo

Sin embargo, tal y como él se había molestado en aclararle, no debía temer que eso sucediera.

Y no se veía capaz de reunir el valor de cruzar la sala en la que él estaba, que era la única manera que tenía de volver a su suite, porque temía que, al verlo, se evaporara el último vestigio de dignidad que le quedaba y le suplicara que volviera con ella a la cama.

Una voz que intentaba ignorar con todas sus fuerzas le decía que lo que acababa de suceder no era meramente físico, sino que su mente y sus emociones habían estado implicados. Pero no estaba dispuesta a creerlo.

No podía negar que se había sentido desbordada, pero solo se había debido a que jamás había experimentado un deseo sexual tan intenso. Eso era todo.

Ella había sido testigo de las consecuencias que había tenido en su madre el darse por entero a un hombre, desearlo, necesitarlo y amarlo en cuerpo y alma. Había visto cómo el dolor la destrozaba, primero emocional y mentalmente, y al final, físicamente.

De pequeña, su padre acostumbraba a decirle que se parecía mucho a su madre. Por eso mismo sabía que debía evitar que le sucediera lo mismo que a ella. No podía cometer sus mismos errores.

Era consciente de lo insignificante que era para Marco lo que había ocurrido, y debía esforzarse por que también lo fuera para ella... O al menos por hacer creer a Marco que lo era.

Capítulo 6

LA mañana llegó. El comienzo de un nuevo día que las personas felices recibían con alegría, pero que para aquellos que no habían pegado ojo no era más que una prolongación de su tortura.

Marco miró por la ventana hacia el lago mientras el sol ascendía tiñendo el cielo de rosa. Apenas había dormido. Era demasiado alto como para acomodarse en una butaca, aparte de que su mente acelerada no le hubiera dejado conciliar el sueño.

¿Cómo había permitido que la manipuladora Lily lo sedujera? Según habían pasado las horas su enfado consigo mismo había alcanzado el mismo nivel que el que sentía hacia ella. ¿Cómo podía haberla deseado tan intensamente como para cegarse? No tenía ni idea de qué había pasado para que lo poseyera tal debilidad, pero estaba decidido a que no volviera a suceder.

Se frotó la barbilla e hizo una mueca al notar la aspereza de su incipiente barba. Necesitaba afeitarse y ducharse, pero para ir al cuarto de baño tenía que pasar por el dormitorio.

Miró hacia la puerta cerrada con hostilidad, fue hacia ella y la abrió sigilosamente.

Lily estaba inmóvil en la cama y no se veía de ella más que la mata de cabello y el cuello. Su cuerpo formaba una delicada ondulación bajo las sábanas. Estaba tumbada de costado, acurrucada en una bola, como si incluso dormida necesitara protegerse de algo. Pero era él, pensó frunciendo el ceño, quien necesitaba protección contra el deseo que ella le inspiraba.

La idea de que una mujer como Lily necesitara protección era irrisoria, y él era un idiota por tan siquiera planteárselo.

Vio que su ropa, la que él le había quitado la noche anterior, estaba doblada cuidadosamente sobre el respaldo de una silla y el sujetador llamó momentáneamente su atención al recordar que le había sorprendido lo sencillo y práctico que era en contraste con lo que hubiera esperado en una mujer como ella, algo más sexy y seductor, más propio de su estilo de vida. Pero también cabía la posibilidad de que, como la consumada actriz que era, se hubiera metido tanto en el papel de doctora Wrightington que incluso su ropa interior formara parte de la identidad de su personaje.

Cuando pasó junto a la cama, su cuerpo proyectó una sombra sobre ella, que abrió los ojos inmediatamente y lo miró aturdida.

–¡Qué excelente interpretación de la «mujer encuentra hombre inesperado en su dormitorio»! –dijo él, sarcástico–. Sobre todo después de lo que pasó anoche.

Lily se ruborizó al saber que se refería a la pasión con la que había respondido a sus caricias. Y

ella no podía ni negarla ni defenderse de la opinión que le merecía a él.

Marco interpretó el rubor como la evidencia
de que estaba furiosa por no haberlo engañado y
se alegró.

—Es una lástima que, por muy bien que lo hi-
cieras, no consiguieras de mí lo que los dos sabe-
mos que buscabas —continuó con desdén—. ¿Cuál
era la siguiente escena en esta representación?
Supongo que la llegada de tu examante y su indignación ante la evidencia de que habías pasado
la noche con otro hombre.

La sorpresa inicial de abrir los ojos y encontrar a Marco al lado de la cama con tan solo una
toalla a la cintura había dejado a Lily sin palabras. Pero ya había despertado plenamente y sintió en toda su fuerza una intensa vergüenza de sí
misma y la furia de Marco.

Si ya antes la relación personal entre ellos había sido tensa, lo que había sucedido la noche anterior ponía su relación profesional en riesgo.

Tenía que evitar por todos los medios que
Marco creyera que su intención era seducirlo. Tenía que convencerlo como fuera, aunque para ello
tuviera que humillarse aún más.

—Siento mucho lo de anoche —empezó con hu-
mildad pero con firmeza al tiempo que se sentaba
en la cama, asegurándose de que se cubría con las
sábanas pudorosamente para no dejar duda respecto a sus intenciones—. Mi comportamiento
fue… inaceptable. No debería haber actuado
como lo hice y, si puedes, te rogaría que olvida-
ras lo sucedido.

Marco entornó los ojos. ¿Qué clase de juego era aquel? ¿Pretendía que admitiera que la había deseado? ¿Diciendo «si puedes» quería retarlo? ¿Lo retaba o lo humillaba, insinuando que no podría evitar la tentación?

—Deberías correr a decirle a tu examante que has pasado la noche conmigo, en lugar de seguir aquí, pidiendo disculpas. ¿Por qué no vas a buscarlo?

Lily fue a defenderse de aquella acusación, pero antes de que pudiera hacerlo, se abrió la puerta entre el dormitorio y la sala y apareció una doncella con toallas limpias, acompañada por una empleada de rango superior con una carpeta en la que apuntaba anotaciones. Calló bruscamente y, tras mirar a su alrededor y ver a Lily en la cama y a Marco prácticamente desnudo, se disculpó precipitadamente y salió junto con su compañera.

Marco dejó escapar un resoplido de irritación al darse cuenta de que no había colgado la nota de *No molestar*, y como fue a hacerlo en aquel momento, no pudo ver la manera en que Lily se ruborizaba ni su expresión genuinamente mortificada. Volviendo hacia ella, le espetó:

—¿Qué? ¿No tienes nada que decir?

Lily respiró profundamente. Muy al contrario, tenía mucho que decir.

—Parece que en lugar de aceptar mis disculpas, insinúas que Anton era...

Por mucho que Lily intentara comportarse con madurez, no podía pronunciar la palabra «amante» referida a alguien a quien detestaba tanto como a Anton.

–Que era tu amante y que pretendes despertar sus celos.

–Te equivocas. Lo último que quiero es que Anton me encuentre.

–Es bien sabido que no hay nada más peligroso que una mujer ofendida. Os habéis peleado y quieres que se arrepienta de haber terminado la relación. Pretendes ponerlo celoso, y para ello estás dispuesta a lo que sea, ¿no es cierto?

–Nunca caería tan bajo como para hacer algo así –dijo ella con voz temblorosa por la indignación–. Solo vine aquí porque me aterrorizaba estar sola en mi habitación.

–¿Por qué? –cuando en lugar de contestar, Lily miró hacia la ventana, Marco insistió–. Si quieres que crea tienes tanto miedo de ese Anton como dices, tendrás que darme una buena razón.

Estaba tan convencido de que no había otra razón que la que él mismo había sugerido, que no le extrañó que Lily guardara silencio.

Dio media vuelta para salir del dormitorio, sintiéndose vencedor de la batalla, cuando la oyó decir con voz crispada:

–Está bien. Hay una razón pero no tiene nada que ver con querer que Anton forme parte de mi vida –con un estremecimiento, Lily añadió–: Todo lo contrario. Pero no… no puedo hablar de ello.

–¿Por qué no? ¿No crees que merezco una explicación?

–Ya he pedido disculpas –Lily ya no aguantaba más, su control empezaba a resquebrajarse y agachó la cabeza para ocultarle a Marco su angustia–. No creo que tenga que dar más explicaciones. Un hombre compasivo comprendería que a veces la gente se siente vulnerable y necesita ayuda, pero está claro que tú prefieres pensar mal de los demás.

–Lo que soy es el tipo de hombre que se da cuenta de que le mienten –dijo Marco con acritud, aunque las palabras de Lily lo afectaron más de lo que estaba dispuesto a admitir.

–Pero no te estoy mintiendo –insistió Lily–. Quizá debería ser yo quien preguntara por qué te niegas a creerme –añadió, dándose cuenta de que había algo peculiar en la actitud de Marco.

Este sintió que el corazón se le aceleraba. Miró la hora y le alivió descubrir que tenía una buena excusa para escapar de una situación embarazosa.

–Son casi las ocho y tenemos que salir a las nueve –dijo en lugar de contestar.

Mientras permanecía sentada junto a Marco en una lancha privada que había alquilado, Lily tuvo que recordarse que se trataba de un viaje de trabajo y que no debía permitir que las injustas acusaciones de Marco la afectaran.

Tras volver a su suite, apenas había tenido tiempo de ducharse, ponerse unos vaqueros y una camiseta. Del hotel habían ido en coche a visitar la primera villa en la lista de Marco, donde habían hecho una visita privada a la colección de arte. Después de comer en un restaurante de lujo donde Lily apenas había probado bocado porque estaba todavía demasiado ansiosa como para tener apetito, acudieron a la segunda villa, en la que Lily había negociado el préstamo para la exposición de la correspondencia mantenida durante la década posterior a la derrota de Napoleón entre un caballero inglés y los dueños de la mansión, donde se había alojado por un tiempo. Se trataba del tercer hijo de un duque, y en las cartas cortejaba a la hija de la familia. Junto a las cartas había varios dibujos de su casa de Yorkshire que había enviado a la joven.

Aidan Montgomery había fallecido de tuberculosis antes de que la boda pudiera celebrarse. Lily inspeccionó las cartas y se preguntó si las marcas que podían observarse serían lágrimas de su prometida.

Marco intuyó lo que pensaba al ver la concentración con la que inspeccionaba los papeles y, sarcástico, le recordó que el dolor por la muerte de su prometido no había impedido que Teresa d'Essliers se casara a los dieciocho meses.

–Fue un matrimonio concertado –explicó el conservador de la colección–. Su padre era un banquero que jugaba con el dinero ajeno, y el marido era uno de sus clientes, un acaudalado comerciante en seda que quería mejorar su estatus social.

–¿Vamos a visitar alguna de las fábricas de seda de Como? –preguntó Lily a Marco, en la lancha mientras iban a su siguiente destino, una villa a las orillas del lago con embarcadero propio.

Como había sido un gran centro de producción de seda durante siglos y, aunque el negocio ya no era floreciente debido a la competencia de la seda china, se seguían produciendo los tejidos más exquisitos para el diseño de interiores.

–¿Quieres visitar alguna? –preguntó Marco.

La frialdad de su tono molestó a Lily, pero ésta hizo lo posible por disimularlo.

–Me encantaría y sería de gran ayuda para la exposición –dijo con calma. Al ver que Marco la miraba inquisitivo, añadió–: Uno de los objetivos de la exposición es atraer al público joven y para ello me gustaría contar con el mayor número de detalles personales. Además, no puedo negar que me encantaría revisar los archivos de alguna de las compañías que llevan siglos produciendo seda. Aunque no es el campo al que me dedico directamente, he visto algunas de las restauraciones que se han llevado a cabo y algunos de los tejidos son espectaculares.

–Me extraña que no menciones la conexión con la industria de la moda contemporánea, dados tus vínculos con ese negocio.

–¿Qué vínculos? –preguntó ella alarmada.

–Me refiero a tus otros trabajos, ya sabes, el estudio de fotografía.

Lily respiró aliviada. Por un instante había temido que Marco se refiriera a su pasado y a su padre.

–Ya te he dicho que me limitaba a hacer un favor –se defendió.

–A un hombre, supongo

Marco no entendía su propio comportamiento, ni por qué se empeñaba en alimentar unos celos que no tenían justificación posible puesto que era un sentimiento enfermizo y que jamás había experimentado con anterioridad. Pero lo peor de todo era que fuera precisamente alguien como Lily quien se los provocara, una mujer que representaba todo aquello que él despreciaba.

–Sí –tuvo que admitir Lily.

Habría dado cualquier cosa por no haber accedido a ayudar a su hermanastro, o por haber conocido a Marco en la recepción y no en el estudio. Aunque tampoco estaba segura de qué habría pasado si ese hubiera sido el caso...

Marco no supo interpretar el gesto de ansiedad que percibió en el rostro de Lily y prefirió explicárselo como un intento de despertar su compasión. Después de todo, ya había demostrado lo buena actriz que era.

Lily tomó aire, recordándose que era una profesional realizando un trabajo y que no podía consentir que Marco hiriera sus sentimientos, aunque para ello tuviera que fingir que lo que pensara de ella le era indiferente.

–¿Esa es la villa a la que nos dirigimos? –preguntó, volviendo a un tema más neutro.

Marco se inclinó hacia la ventanilla, por delante de Lily, lo que permitió a ésta oler su cítrica loción del afeitado mezclada con el calor de su piel. La lancha dio un salto y Lily tuvo que pegarse lo más posible al respaldo para evitar tocar a Marco, no fuera a creer que aprovechaba cualquier circunstancia para conseguir un contacto íntimo con él.

Los hombres se cansaban enseguida de las mujeres que caían rendidas a sus pies. Les gustaba más la adrenalina de la conquista, el reto de ganar un trofeo. En cuanto lo conseguían, perdían el interés. Ella lo había aprendido observando a su padre, y había comprobado cómo hundía a su madre en la desesperación. Era mejor no amar en absoluto que exponerse a ser destrozado por el amor a alguien que se mostraba despectivo o indiferente.

Un mechón había escapado de la horquilla con la que Lily se sujetaba el cabello, y la tentación de retirárselo tras la oreja hizo que Marco sintiera un cosquilleo en los dedos. De hacerlo, sus nudillos acariciarían la piel de sus mejillas y ella lo miraría con una expresión de sorpresa en sus ojos grises. Marco se dio cuenta de que eso era precisamente lo que quería. Y después la tomaría en sus brazos y la besaría hasta que ella susurrara su nombre contra sus labios en una súplica apasionada y anhelante.

¿Qué demonios le estaba pasando? ¿Por qué despertaba en él aquellos sentimientos cuando sabía que debía desconfiar de ella? Durante las visitas que habían realizado aquella mañana la había observado con admiración al descubrir la seguridad con la que hablaba de su tema de estudio, del que demostraba tener un profundo conocimiento, así como la suficiente sensibilidad como para no querer apabullar a sus interlocutores, haciéndoles preguntas sobre asuntos que, obviamente, conocía. Eso, que le hacía pensar en ella como alguien que se preocupaba de los sentimientos ajenos, entraba en contradicción con la imagen de mujer dispuesta a explotar la vulnerabilidad de los jóvenes para explotarlos económicamente; una mujer egoísta dispuesta a usar a los demás para conseguir sus objetivos.

–Así es –dijo Marcos–. Después de que veamos la colección, nos recogerá un coche. La duquesa nos espera, y para ella la puntualidad es muy importante. Le encanta recibir, así que puede que haya organizado una cena. Pero si prefieres no asistir, puedo decirle que tienes trabajo que hacer. Supongo que debes escribir algunos informes para la Fundación.

Lily asumió que Marco quería librarse de ella.

–No es necesario. Tratar con los dueños de las villas es parte de mi trabajo, y estoy segura de que la duquesa tiene anécdotas fascinantes. Pero si es una forma educada de decir que prefieres que no vaya… –miró a Marco con expresión retadora.

–En absoluto –negó él–. Pensaba que querrías estar un rato sola.

–Estoy aquí para trabajar, y mi trabajo incluye hablar con todo a aquel relacionado con las villas –dijo Lily con firmeza.

La visita a la tercera villa se prolongó más de lo que Marco había calculado. Pertenecía a la misma familia desde hacía varias generaciones. Napoleón la había construido para uno de sus generales favoritos, y además de ceder algunas de sus piezas más famosas para la exposición, el dueño, un anciano italiano que hablaba un inglés impecable, permitió a Lily tomar fotografías del interior de la villa.

Marco fue consciente de la profesionalidad con la que manejaba la cámara, pero en lugar de admirarla por ello, tal y como hizo el vizconde, al que Lily había conquistado con su encanto y sus agudas preguntas, a él solo le recordó los motivos por los que la despreciaba.

Ansiaba acabar aquella gira, volver a su vida cotidiana y olvidar a la doctora Lillian Wrightington. ¿Pero conseguiría desplazarla de su corazón? La pregunta se coló sigilosamente en su mente y Marco la frenó antes de que llegara a tomar forma. Aquella mujer no significaba nada para él. No confiaba en ella y lo único que sucedía era que lo excitaba sexualmente, pero sus sentimientos no estaban implicados. Eso era imposible. Pero, ¿por qué entonces lo irritaba en la misma medida que despertaba sus celos?

Marco se alegró de tener que aparcar sus pensamientos mientras cumplía con las formalidades de despedirse del vizconde, al que agradecieron su amabilidad.

Cuando el coche tomó el camino que conducía a la casa de la duquesa, atravesando un maravilloso jardín de diseño italiano, Lily fue consciente del incómodo silencio que guardaba Marco, pero no se sintió con ánimos para intentar romperlo.

La fachada de la villa, de un elegante estilo palladiano, en aquel momento estaba iluminada por la luz del atardecer de principios de octubre, y como siempre que veía algo hermoso, fuera producto de la naturaleza o de la mano del hombre, Lily se sintió sobrecogida por la emoción. Sin poder contenerse, murmuró:

—¡Qué belleza!

Por algún extraño motivo, el fervor que tiñó su voz consiguió abrir una grieta en la coraza de Marco, quien, por más que quiso creer lo contrario, supo que sus ojos humedecidos tenían que ser genuinos y no una prueba más de sus dotes de actriz. Una nueva punzada de celos lo atravesó, aunque en aquella ocasión no fue provocada por otro hombre.

—Tanto la villa como su localización resultan exquisitos —dijo con frialdad—. Pero el castillo de mi familia es aún más impresionante. Ya me dirás qué opinas cuando lo veas.

El castillo di Lucchesi…, el lugar de origen de la familia de Marco, al que sus antepasados habían llevado a sus esposas y habían criado a sus hijos.

Pensar en niños hizo que el corazón de Lily se encogiera al tiempo que sentía un dolor mezcla de envidia y tristeza. Algún día Marco llevaría a su esposa al castillo y allí nacerían sus hijos. Pero esa mujer no sería ella. Y al tener ese pensamiento, se preguntó qué lo motivaba y por qué le producía dolor. A no ser que… Ni siquiera se permitió plantearse lo que podía significar.

Suspiró aliviada cuando el coche se detuvo y supo que pronto podría abandonar la proximidad de Marco a la que le había obligado el viaje.

La propia duquesa salió a recibirlos con una

cálida sonrisa antes de decirle al conductor que en la cocina le esperaba la cena y que llevara el coche al patio trasero.

Lily sabía que la gente del estatus social y posición económica de la duquesa no solía ser tan considerada, y con su comportamiento confirmó la buena impresión que su anfitriona, que se colocó entre Marcos y ella y entrelazó los brazos con ellos, le había causado.

–No es necesario que seáis discretos o que sintáis que tenéis que disimular –dijo con una amplia sonrisa antes de reír abiertamente–. O de ir sigilosamente por la noche de un lado a otro, con el temor de que el suelo de madera cruja y seáis descubiertos. ¡Lo recuerdo tan bien…! Pero los tiempos han cambiado y me gusta creer que yo me he adaptado a ellos. Así que cuando mi ama de llaves me comentó que su hermana, que trabaja en el hotel Ville d'Este, le había dicho que allí compartíais habitación, le he pedido que preparara mi suite de invitados favorita para vosotros.

Capítulo 7

L ILY se quedó sin habla mientras la duquesa seguía hablando:

–Estoy segura de que os va a encantar. Tiene una maravillosa vista al lago. Mi difunto esposo y yo solíamos alojarnos en ella cuando veníamos a visitar a mi padre, antes de su muerte –la duquesa suspiró–: ¡Tengo tantos buenos recuerdos de juventud en esta casa! Nunca olvidaré la primera vez que vi a mi marido. Me enamoré al instante, mientras que él tardó veinticuatro horas –en tono de complicidad añadió–: Espero que vosotros también atesoréis buenos recuerdos de esta visita.

Mientras charlaba, habían subido la escalinata hasta la puerta principal. El corazón de Lily latía aceleradamente, pero no por el ejercicio, sino porque estaba segura de que no podía haber oído correctamente. ¿El ama de llaves había preparado la habitación para que Marco y ella la compartieran? Lily intentó mirar a Marco, pero la duquesa seguía entre ambos, con el rostro iluminado por la que obviamente consideraba una magnífica idea.

–Tengo que reconocer, Marco, que Lily me parece la mujer ideal para ti –dijo, mirándolo con ojos chispeantes–. Los dos sois unos apasionados del arte y la historia de Italia, y según decía mi marido, tener intereses comunes es la clave para que una relación duré más allá del enamoramiento inicial. Entremos.

El vestíbulo de la villa era circular, con una majestuosa escalera central que se bifurcaba, abriéndose en una galería también circular. El diseño se repetía en todos los pisos, de manera que desde donde estaban podían alzar la vista y contemplar las vidrieras que coronaban el edificio en forma de bóveda.

–Cuando el sol está en lo más alto y atraviesa la vidriera, proyecta luces coloreadas que crean un ambiente mágico. Mi hermano y yo jugábamos a seguir un determinado color hasta el piso de arriba. Como él era mayor que yo, siempre ganaba. Habría heredado la villa de no haber muerto a los diecinueve años en la Segunda Guerra Mundial.

Lily escuchaba a la duquesa en tensión, esperando que Marco aclarara en cualquier momento el error. Pero la aclaración no llegó.

–Aquí está Berecine, el ama de llaves –dijo entonces la duquesa–. Ella os acompañará a vuestro dormitorio. Espero que no os importe que me haya tomado la libertad de organizar para esta noche una pequeña fiesta; solo es un grupo de viejos amigos que están deseando conocerte, Lily, y que contestarán encantados a todas las preguntas que quieras hacerles. Os espero en el salón principal.

Lily dirigió a Marco una mirada inquisitiva, pero este no rompió su silencio. Cuando llegaron a la suite, ella le preguntó por qué no había explicado a la duquesa la verdad.

–Si no hubieras venido anoche a mi habitación, esto no habría pasado –dijo él, mirando por una de las ventanas que daban al lago.

–Entiendo que eso haya dado lugar a la confusión, pero no entiendo por qué no le has dado una explicación.

–¿Qué querías que dijera? ¿Que habías entrado en mi dormitorio para provocar los celos de otro hombre? –sin esperar respuesta, Marco se encogió de hombros y continuó–: De todas formas, le caes tan bien a la duquesa, que ni siquiera me habría creído.

Lily intentó no sentirse herida por el desprecio con el que Marco se ocupó de dejar claro que él no compartía esa opinión, pero no lo logró.

–Es una romántica –siguió Marco–, y pensaría que solo intentaba ocultarle nuestra relación.

–No tenemos ninguna relación –dijo Lily, esforzándose por contener las lágrimas.

–Pero la duquesa cree que sí. Y no solo sexual, sino que está convencida de que nos hemos enamorado –la sorna con la que Marco cargó sus palabras hizo que Lily sintiera que le ardían las mejillas–. Si te conociera mejor, sabría que eso es imposible.

Lily tuvo que tragarse el orgullo para no dejar que el hiriente comentario la afectara.

–Por su propio bien, no podemos decirle nada–continuó Marco–. O no nos creería, o se sentiría avergonzada por habernos puesto en una situación incómoda. Lo mejor es callar. Después de todo, no serán más que un par de noches.

–¿Y si para mí fuera inaceptable? –estalló Lily.

–¿De verdad esperas que te crea después de lo de anoche? –preguntó Marco con arrogancia–. No recuerdo que pusieras ninguna pega.

Lily sintió que se le paraba el corazón. ¿Habría notado Marco que había querido de él algo más íntimo y personal que la protección que representaba su presencia? Tragó saliva confiando en equivocarse. Ya se sentía lo bastante humillada por lo que sentía hacia él como para no poder disimularlo.

–Eso fue distinto –se defendió–. No quiero compartir habitación contigo.

–¿Y crees que yo contigo sí? –preguntó él con amargura–. Tú tienes la culpa de que nos encontremos en esta situación.

Lily sabía que, si le contaba la verdad, Marco se avergonzaría de haber pensado tan mal de ella, pero era evidente que él no quería cambiar de opinión, y ella no estaba en condiciones de compartir con él su secreto más doloroso para verse rechazada como una mentirosa compulsiva.

¿Cómo había llegado a aquel punto? Conociéndose como se conocía, debería haber estado más atenta a las señales; darse cuenta de lo que había sentido al verlo por primera vez en el estudio… Pero, ¿qué podía haber hecho? ¿Dejar el trabajo cuando descubrió quién era? ¿Dónde hubiera quedado entonces su profesionalismo?

–No pienso incomodar a la duquesa por algo que en estos tiempos no tiene ninguna importancia –le advirtió Marco–. Y quién sabe, si tu ex se entera, puede que consigas el efecto deseado.

Aunque como hombre debo advertirte que no es una buena idea recuperar a alguien por celos. Una relación basada en la desconfianza está abocada al fracaso y es peligrosa.

–Lo dices como si lo hubieras experimentado en primera persona –dijo Lily involuntariamente.

Marcos la miró indignado. ¿Qué tenía aquella mujer para que le revelara algunos de sus secretos mejor guardados?

–Te aseguro que tengo la bastante experiencia como para no confiar en ti –dijo con frialdad.

Lily se estremeció ante la acritud que destilaban sus palabras, y se preguntó si una mujer lo habría engañado en el pasado. Una mujer por la que debía haber sentido algo muy profundo, porque el hombre en el que se había convertido no habría dejado que ninguna mujer rompiera la barrera de su intimidad. Y sin darse cuenta, Lily sintió compasión por él y por la herida que el amor le había causado.

Marco frunció el ceño al ver la angustia que reflejaba el rostro de Lily. La noche anterior no había tenido ningún problema en compartir cama con él y sin embargo en ese momento la idea parecía espantarla, sin duda porque pensaba en otro hombre. Así que Marco no sintió la más mínima compasión por ella.

–¿Has comprendido? –preguntó airado.

Lily le dirigió una mirada extraviada. Si los sentimientos de la duquesa le importaban tanto, debía tener algo de humano, aunque a ella hubiera decidido ocultárselo.

–De acuerdo –dijo en un susurro.

Estaba claro que la odiaba y que alguna mujer a lo largo de su vida había destruido su capacidad de confiar en los demás. Lo que Lily no comprendía era por qué eso la afectaba tanto, ni por qué Marco despertaba en ella un anhelo que solo podía hacerle daño y que tendría que hacer un esfuerzo sobrehumano por esconder. Pero saber que tendría que someterse a la prueba de compartir cama le hizo sentir pánico de nuevo.

—¡No podemos dormir juntos! —exclamó—. ¡No me sentiría…!

—¿Qué? ¿Segura? —completó Marco con desdén.

Lily esquivó su mirada por temor a que descubriera lo que verdaderamente le preocupaba. Porque en parte era verdad, solo que era a sí misma a quien temía.

—Ya te he dicho que solo van a ser un par de noches —dijo Marco, antes de añadir con sarcasmo—: Como caballero que soy, te cedo la cama.

Lily se dio cuenta de que no conseguiría hacerle cambiar de idea, y en el fondo sabía que Marco tenía razón respecto a la duquesa, así que no tenía más remedio que aceptar.

—Puedes quedártela —masculló—. Yo dormiré en el sofá.

En ese momento llamaron a la puerta y, cuando Marco la abrió, entraron el ama de llaves y un criado con el equipaje, al que Marco dio una propina.

—Todavía queda una hora para la recepción. Como solo hay un cuarto de baño, te cedo el primer turno —dijo mientras Lily buscaba su bolso.

Lily asintió. Quería lavarse la cabeza y, aunque tardaba poco en arreglarse, siempre le llevaría más tiempo que a Marco.

Se duchó y secó rápidamente, y se puso uno de los dos albornoces que su anfitriona había dejado a su disposición. Había llevado la maleta al cuarto de baño, de la que había sacado la falda negra de punto. Acababa de sacar la ropa interior cuando llamaron a la puerta.

–Solo quería saber si necesitabas que te plancharan algo –dijo Marco, asomándose.

–No. Mi falda es de punto –dijo ella indicando con la mano la prenda colgada de la percha.

Era la mano en la que sujetaba la ropa interior, y no notó que las bragas se le caían al suelo hasta que vio a Marco agacharse a recogerlas.

Sonrojándose, las tomó precipitadamente y las cerró en el puño. ¿Por qué si acostumbraba a llevar ropa interior sobria, deseaba que Marco hubiera recogido algo más sensual, unas bragas de encaje de seda, por ejemplo, más propias del tipo de mujeres que podían gustarle?

–Acabaré en cinco minutos –dijo, indicando con la mirada la puerta para que Marco saliera.

Este asintió con la cabeza y se fue.

Mientras esperaba fuera, se preguntó por qué Lily se habría mostrado tan avergonzada de que viera su ropa interior. No tenía sentido en una mujer de su edad, ni mucho menos en una mujer de su estilo. ¿Se trataría de otra estrategia? Pero ¿qué sentido tenía si su ex no estaba presente?

En contra de su voluntad tuvo que admitir que tanto su reacción, como las sencillas bragas y el pudor con el que las había ocultado, le hacían replantearse algunos aspectos de su opinión de ella. Y lo que más le preocupaba era que estaba consiguiendo que se cuestionara una de sus reglas de oro: la de no dar a nadie el beneficio de la duda y asumir la desconfianza como principio. Esa rebelión interna se enfrentaba a su lógica y a su experiencia, y lo instaba a saltarse sus propias normas. Pero aún peor era que se estaba aliando con su deseo masculino primario para erosionar la fortificación que lo protegía, poniendo en cuarentena sus creencias y todo aquello que defendía. Una voz interior llegaba a susurrarle que no había nada malo en disfrutar del placer que la intimidad con Lily podía proporcionarle. Por eso mismo tenía que acallarla.

—El baño ya está libre. Me voy a vestir al salón.

Lily evitó mirarlo mientras pasaba a su lado envuelta en el albornoz, llevando la maleta y la falda en la mano. En una casa tan bien organizada como aquella estaba segura de encontrar una secador de pelo en alguno de los cajones de la cómoda, y mientras Marco estuviera en el cuarto de baño al menos podría respirar.

En cuanto se vistió con la falda y el top de cuello de barco, se sintió más segura de sí misma. Como complementos, había elegido un collar y un brazalete de plata vieja, tallados toscamente a imitación de piezas antiguas, que había comprado en Florencia. Se había enamorado de ambas piezas nada más verlas, y la diseñadora le había explicado que estaban inspiradas en joyas sajonas de la Inglaterra medieval.

Tal y como esperaba, encontró un secador, y lo usó inclinando la cabeza hacia adelante. En cuanto Marco entró con una toalla a la cintura, sintió que la piel le ardía, aunque no lograra comprender por qué, dado que estaba acostumbrada a la desnudez masculina en todas sus manifestaciones artísticas, el cuerpo de Marco le cortaba la respiración.

Pero había algo especial en la situación. La intimidad de estar arreglándose en una habitación compartida evocaba en ella emociones en las que no quería pensar, anhelos que prefería no definir y que ni siquiera estaba segura de que estuvieran relacionados con los hombres en general o con Marco en particular.

El secador se le cayó al suelo y cuando fue a recogerlo, sus dedos rozaron los de Marco. Por una fracción de segundo, ambos se quedaron paralizados. De haber sido una pareja de verdad, en lugar de retirar la mano, Marco le habría quitado el secador y la habría tomado en sus brazos. Una deliciosa corriente atravesó a Lily, que asió el secador con dedos temblorosos.

–Quedan quince minutos –dijo Marco, acariciándole la frente con el aliento.

Lily alzó la mirada con los ojos muy abiertos, antes de que su sentido común le recordara que Marco se limitaba a recordarle que tenían que reunirse con su anfitriona, y no hacía referencia al plazo que tenían para satisfacer el pulsante deseo que sentía en su interior.

–Estoy lista –balbuceó. Y lo estaba, pero para quedarse y que Marco le hiciera el amor.

Sus propios pensamientos la desestabilizaban de tal manera, que tuvo que darse la orden de detenerlos. Estaba comportándose como... Como si hubiera olvidado todo lo que había aprendido, como si no le preocupara su propia estabilidad emocional.

Se retiró el cabello del rostro y lo recogió en un moño bajo del que soltó algunos mechones, todo ello sin necesidad de un espejo. Solo al girarse se dio cuenta de que Marco la había estado observando.

–¿Qué pasa? –preguntó ansiosa.

Su padre siempre había criticado el aspecto de su madre. De pequeña, Lily recordaba cómo cada vez que se arreglaba para una fiesta, los comentarios de su padre acababan conduciendo a una pelea tras la que su madre se negaba a salir. Criticar a la mujer a la que supuestamente amaban, era una de las armas de las que algunos hombres se valían para minar su autoestima y hacerlas más dependientes; y Lily se irritó consigo misma por dejar que le preocupara lo que Marco pensara.

–Nada –dijo él, cortante–. Solo admiraba la habilidad con la que te peinas –hizo una pausa y, como si no pudiera evitarlo, añadió–. Y pensaba que estás preciosa.

Marco pareció tan sorprendido de haberle dedicado un piropo como ella.

–Gracias –dijo Lily con voz ronca–. Mi padre nunca le habría dicho algo así a mi madre. Nunca oí que le dijera que estaba guapa, a pesar de que lo era y... –dejó la frase en el aire.

–¿Tu padre? –preguntó Marco, haciendo que Lily recuperara su habitual reticencia a hablar de su vida familiar.

Sacudió la cabeza.

–Disculpa, no sé en qué estaba pensando. Te dejo el cuarto libre para que te vistas. Yo acabaré en el salón.

Lily salió antes de que Marco pudiera hacerle más preguntas. Y solo quedaban diez minutos para tener que bajar.

Marco reunió con ella en el salón cuando quedaban tres minutos. Al verlo con un traje oscuro con camisa blanca y corbata a juego con el traje, tan elegante y varonil, Lily sintió de nuevo un deseo que jamás había experimentado antes, y que la llenó de ansiedad.

Marco pensó que Lily parecía una diosa pagana y que aunque en la recepción hubiera mujeres luciendo espléndidas joyas, ninguna podría eclipsar el dramático contraste que Lily había conseguido entre su austero conjunto y su collar de aspecto ancestral. Cualquier hombre se sentiría orgulloso de tenerla a su lado. Como cualquier hombre estaría ansioso por que la velada concluyera para poder estar a solas con ella. ¿Sería así como se sentía él, posesivo y celoso porque Lily prefería a otro?

Al oírla decir que iban a llegar tarde, fue hasta la puerta y la sostuvo abierta para ella.

Entraron en el salón, una gran sala decorada en dorados y azules, al estilo Imperio, apenas unos segundos antes que los invitados de la duquesa, el tiempo justo para aceptar una copa de frío champán ofrecida por uno de los camareros uniformados.

La duquesa los presentó a una docena de personas y Lily se esforzó por recordar sus nombres. Una vez más, esperó que Marco corrigiera a la duquesa cuando esta explicó, obviamente entusiasmada, qua eran pareja, pero Marco mantuvo el mismo silencio que unas horas antes. Era evidente que apreciaba mucho a la duquesa, y saber que ese era el motivo de su comportamiento no bastaba para que Lily se sintiera menos violenta. Que Marco se comportara como si efectivamente fueran pareja, tenerlo al lado permanentemente, adoptando una actitud protectora que ella sabía falsa, la hizo dolorosamente consciente de hasta qué punto habría querido que aquella proximidad fuera verdadera.

Él, un hombre sofisticado y de mundo, actuaba con toda naturalidad. Siempre parecía sentirse cómodo y capaz de controlar cualquier situación. En cuanto a ella…Aunque apenas conocía a Marco, desde hacía unos días sus creencias respecto a lo que deseaba de la vida, e incluso la percepción que tenía de sí misma, se habían visto trastocadas.

Si era sincera consigo misma, era consciente de que se enfrentaba a una parte de sí misma que había mantenido bajo llave y que hasta entonces había creído enterrada. Pero sin saber cómo lo había conseguido, y a pesar de que la había rechazado y criticado, Marco tenía el poder de sacar su yo más oculto a la luz. Aun así, no tenía sentido dejarse llevar por las fantasías o por sueños destructivos. Lily era muy consciente de que amar a Marco era peligroso porque solo podía causarle dolor.

–Necesitas otra copa de champán. Esa se ha calentado.

Marco le ofreció una nueva copa, sonriente. Y aunque Lily sabía que solo podía ser fingida, sintió que se le encogía el corazón al tratar de imaginar qué se sentiría cuando Marco sonreía así sinceramente, con una mezcla de ternura y de picardía llena de promesas para el momento en que se quedaran a solas; cuando sonreía a su amante.

Lily tomó la copa con dedos temblorosos. Para disimular su enaramiento, bebió precipitadamente y estuvo a punto de atragantarse con el líquido burbujeante cuando notó una mano en el hombro al tiempo que oía una voz femenina que le resultó familiar.

–¡Lily, pequeña Lily! Querida, eres igualita a tu madre. Te habría reconocido en cualquier parte. Cuando te he visto no podía creerlo y he necesitado que Carolina me lo confirmara.

Lily consiguió a duras penas devolver la sonrisa a la elegante mujer madura que, al lado de la duquesa, le sonreía.

–Yo tampoco podía creerlo –comentó la duquesa, riendo–. Estaba hablándole a una de mis mejores amigas, Melanie, de la nueva novia de Marco y de la exposición que estaba organizando, y cuando te he señalado, me ha dicho que te conocía desde pequeña, pero que hacía mucho que no sabía nada de ti.

Lily era plenamente consciente de que Marco estaba su lado y que no perdía palabra de lo que se decía. Si había algo que la angustiaba más que admitir lo vulnerable que era a Marco, era que el pasado, que tanto se había esforzado en dejar atrás, la visitara.

Marco se dio cuenta de lo perpleja que Lily se había quedado. De hecho y, aunque intentara disimularlo, su reacción fue tan obvia, que pareció haber recibido un puñetazo, palideció y se le alteró la respiración ¿Qué causaba tanto malestar en ella? ¿Que la amiga de la duquesa la hubiera conocido de niña? ¿Por qué?

Lily pensó con desmayo que no tenía escapatoria y que, por muy grande que fuera la tentación, no podía dar media vuelta y huir. De no haber estado Marco con ella, el golpe habría sido más llevadero. No le habría evitado el dolor instantáneo que le causó reconocer a Melanie, pero no la habría dejado petrificada.

Así que, dadas las circunstancias, tuvo que limitarse a sonreír y mantener la compostura.

—Melanie, ¡qué alegría verte de nuevo!

Melanie Trinders había sido muy amiga de su madre. Habían trabajado juntas como modelos y Melanie acudía regularmente a su casa.

Aunque había intentado acompañar su saludo de cierta frialdad, la antigua amiga de su madre no pareció percibirla, y Lily se encontró envuelta por la calidez de un caro fular de seda y de un perfume aún más caro, y besada efusivamente antes de ser contemplada por la madura y todavía atractiva mujer, cuyo vestido ajustado de color granate dejaba entrever el cuerpo esbelto de una modelo.

–¡Pensar que cuando nos invitaste a venir no tenía ni idea de que la invitada de honor era la hija de mi querida Petra! ¡Y qué preciosa eres! Petra habría estado orgullosa de ti. Orgullosa y feliz –enfatizó, mirando a Marco, antes de continuar–. Para tu madre la felicidad emocional era muy importante. Nunca comprendí lo que me decía del amor hasta que conocí a mi querido Harry.

Sonrió a la duquesa y le explicó:

–Carolina, ¡qué maravillosa coincidencia! Lily es la hija de mi mejor amiga, con la que trabajé como modelo –suspiró–. De eso hace años. Petra era más joven que yo, y era una chica encantadora.

Melanie se volvió a Lily y, sin soltarle las manos, añadió:

–Eres clavadita a ella, Lily. Recuerdo el día que naciste. Tu padre seguía furioso con tu madre por haberse quedado embarazada. Ni siquiera fue a verla al hospital, como si no tuviera ninguna responsabilidad en tu llegada al mundo. Luego, no la dejó en paz hasta que perdió peso porque quería que volviese cuanto antes a trabajar.

–¿Tu madre era modelo? –preguntó Marco con desconfianza.

Si su madre había sido modelo, Lily debía saber muy bien lo que representaba ese mundo para los jóvenes inocentes, y aun así, había intentado convencer a su sobrino para que entrara en él. El odio que sentía por el tipo de gente que había causado la destrucción de Olivia le recorrió las venas como un río de fuego.

–No era solo modelo. Fue la modelo de su época, en la misma medida que su padre fue el fotógrafo de su generación. No me ha extrañado saber que tú misma sacas fotografías, tal y como me ha dicho Carolina. Recuerdo bien que solías jugar de pequeña en el estudio de tu padre. Él era un genio, y tuvo mucho éxito en el mundo de la moda –Melanie miró a Marco–. Claro que imagino que Lily te habrá contado que, a pesar de ser un magnífico profesional, fue un padre y un marido desastroso. Si no me equivoco, su segundo matrimonio también fracasó, ¿No es cierto, Lily?

Melanie interpretó erróneamente el gesto de concentración de Marco por curiosidad, porque sin esperar a que Lily, que había enmudecido, contestara, continuó:

–Recuerdo a Lily jugando en el suelo del estudio. Eras una niña encantadora y preciosa. Podrías haber sido modelo infantil. No es de extrañar que Anton quisiera sacarte tantas fotografías.

Lily estuvo a punto de verter el champán al hacer un movimiento reflejo. La mano le temblaba incontrolablemente y sintió náuseas al tiempo que miraba hacia la puerta en su desesperación por escapar.

Algo no iba bien. Marco fue consciente al instante, y la rebelión que bullía en su interior aniquiló todo propósito de mantenerse alejado de Lily. Fue esa rebelión y no él mismo quien lo impulsó a acercarse a Lily y colocarse entre ella y los demás, como un escudo protector, al tiempo que la sujetaba del brazo. Ella lo miró aterrada, como una criatura paralizada por los faros de un coche en la oscuridad.

–Así que a Anton le gustaba hacerle fotografías... –dijo él, en tono fingidamente impersonal, desoyendo la voz interior que le decía que ni le interesaba ni quería implicarse.

–Desde luego –dijo Melanie–. Siempre decía que tenía un gran potencial como modelo

Lily controló a duras penas el gemido de angustia que amenazó con emerger de su garganta. Marco la observó y pensó que parecía hundida, destrozada.

–Sentí tanto lo de la muerte de tu madre, Lily –añadió Melanie en un tono mucho más sombrío–. Fue una noticia muy triste.

–Nunca pudo superar el divorcio de mi padre –dijo Lily con un hilo de voz, haciendo un esfuerzo sobrehumano por alejarse del borde del abismo en el que se había encontrado unos segundos antes.

La otra mujer le dio una palmadita en el brazo.

–Tengo que irme. Mi marido me estará buscando. Espero verte pronto, querida.

La duquesa también se alejó para saludar a otros invitados y Marco y Lily se quedaron solos.

Aunque Marco la había soltado, no apartaba la mirada de ella, y Lily pudo imaginar lo que estaba pensando. Acabó la copa de un trago, antes de volverse a él.

–Mi madre se suicidó mezclando alcohol y pastillas –explicó como un autómata. Y con fiereza, añadió–: Te aseguro que sé muy bien lo que les puede pasar en el mundo de la moda a aquellos demasiado vulnerables como para sobrevivir a su crueldad. Yo lo he experimentado en primera persona. Por eso...

Incapaz de continuar o de esperar una respuesta de Marco, Lily lo dejó, cruzó la sala y salió con la cabeza erguida aunque cegada por las lágrimas que no se atrevía a derramar. Por eso mismo continuó caminando, siguiendo varios corredores, hasta que se dio cuenta de que estaba perdida. Pero al menos estaba sola. Necesitaba aire fresco y privacidad, y poder sentir lástima de sí misma por haber perdido a su madre y por una infancia demasiado corta.

Sin embargo, se amonestó, no debía olvidar que estaba allí para trabajar y que no podía ser tan débil.

Pero no fue suficiente. Las compuertas se habían abierto y ya nada podría poner freno a los recuerdos o a sus lágrimas.

Capítulo 8

SIN necesidad de volverse, supo a quién pertenecían las manos que se posaron sobre sus hombros. Tenía que tratarse de Marco.

Y si lo supo fue porque lo habría reconocido en cualquier parte. Porque al aflorar sus emociones a causa del encuentro con Melanie, había recibido el peor de los golpes y no había otras manos en las que quisiera buscar protección. Solo en las de Marco.

¿En qué momento sus sentimientos se habían mezclado con el deseo? ¿Cuándo se habían entrelazado para crear el vínculo más fuerte que había entre dos personas: el amor? La sola idea la aterraba. No podía amar a Marco.

Marco, que en ese momento la obligaba a girarse y la abrazaba con delicadeza, como si fuera un frágil objeto que pudiera romperse. Solo por compasión, se dijo Lily. No debía esperar nada más que compasión por parte de Marco. Intentó soltarse.

–Tienes razón –dijo, como si él hubiera hablado primero–. Estoy aquí para trabajar, no para comportarme como una tonta y dejarme llevar por mis emociones.

La rebelión que había comenzado dentro de

Marco como una protesta sofocada que podía controlar, se había convertido en una fuerza imparable que lo había transformado, exigiéndole respuestas que debían haberle incomodado, pero que, muy al contrario, le resultaban extremadamente sencillas.

–¿Por qué no me has contado nada de esto antes? –preguntó con naturalidad, como si la relación que habían establecido exigiera ese nivel de confianza.

–¿Qué querías que te dijera? ¿Que mi padre era fotógrafo? ¿Que mi madre era modelo? ¿Que entre el mundo de la moda y mi padre acabaron con ella, y que por eso yo…? –Lily no pudo continuar–. ¿Por qué ibas a querer saberlo? ¿Por qué iba a importarle a nadie?

Marco podía intuir el dolor que intentaba dominar y sintió que lo atravesaba, demoliendo las barreras tras las que ocultaba sus emociones. El dolor de Lily encontró un reflejo en su interior, mezclado con un anhelo y un deseo sexual que lo impulsaban a cuidarla y protegerla. Decir que las palabras de Melanie lo habían dejado perplejo no hacía justicia al efecto real que habían tenido en él. Habían roto el lacre con el que había sellado su capacidad de sentir empatía por otro ser humano, exponiéndolo con toda su crudeza al dolor de otra persona: el de Lily.

De pronto se sentía en guerra consigo mismo. Una parte de él quería consolarla, la otra le decía que ignorara lo que acababa de pasar, exigiéndole que desoyera la voz interior que le decía que Lily había sufrido mucho. Muy dentro de sí, sentimientos que no podía permitirse airear batallaban por poder expresarse. La cicatriz de su propio dolor se estaba abriendo, dejando la herida al descubierto, y a pesar de su negativa a darles voz, se oyó decir:

–Yo conocí a una chica que se hizo modelo.

Tanto lo que dijo como su tono afligido hizo que Lily lo mirara con sorpresa al tiempo que se olvidaba de su propio pesar para concentrarse en el de Marco. Instintivamente alzó la mano hacia la de él, pero la dejó caer sin llegar a tocarlo.

–¿Era importante para ti? –preguntó en cambio.

–Sí –contestó Marco, sintiendo que abría uno más de los candados que guardaba sus recuerdos a buen recaudo –. Íbamos a casarnos.

A Lily le costaba imaginar a Marco prometido a una mujer.

–Pero murió –continuó él–. El sórdido mundo de la moda la mató.

Lily pensó que había cosas que era mejor no saber porque resultaban demasiado dolorosas, y aquella era una de ellas. Seguía en brazos de Marco, pero de pronto sintió que no tenía derecho a aceptar el refugio que le proporcionaban porque pertenecía a otra persona.

–Lo siento mucho –dijo, intentando separarse de él.

Marco la sujetó con fuerza, y ella sospechó que estaba demasiado inmerso en su pena como para saber qué estaba haciendo.

–No pude protegerla y murió. Fracasé –una vez abrió un resquicio a la expresión de sus dolorosos sentimientos, que llevaban tantos años guardados, éstos salieron a borbotones, dejándolo sin defensas para ocultar el desprecio hacia sí mismo que siempre había intentado ignorar–. Crecimos juntos. Nuestras familias ansiaban que nos casáramos. Nos llevábamos muy bien. Ella comprendía que mi posición exigía sacrificios, y yo sentía que podía contar con ella para todo. Pensaba que confiaba en mí, pero me equivoqué.

–Lo siento –dijo Lily de nuevo.

–Me solía decir que estaba encantada con los planes de nuestros padres, pero me mintió.

–Quizá no quería herirte e intentaba protegerte –sugirió Lily con dulzura.

Marco la miró.

Puesto que nunca se le había pasado por la cabeza que Olivia evitara hacerle daño, las palabras de Lily fueron tan reconfortantes como un cálido rayo de sol en un lugar frío y lóbrego. Pero era consciente de que estaba cediendo ante algo a lo que debía resistirse. La dulzura de Lily empezaba a modificar su visión la realidad, y cada vez le resultaban más incomprensibles las contradicciones en las que incurría al llevar una doble vida.

–Será mejor que volvamos a la fiesta. La duquesa estará preguntándose dónde estamos –le advirtió Lily.

–Enseguida. Primero quiero que me expliques qué hacías trabajando en el estudio. Después de lo que Melanie ha contado de tu infancia, me extraña que no repudies la fotografía.

–Estaba sustituyendo a mi hermanastro –dijo Lily. Puesto que Marco había oído el resto de la historia, pensó que por fin la creería–. Mi padre se casó por segunda vez con una mujer que ha sido siempre muy buena conmigo. Mi padre murió hace diez años y ella se volvió a casar, pero mi hermanastro ha idealizado a nuestro padre y quiere seguir sus pasos.

Dando un suspiró, continuó:

—Como sabía que estaba en Milán, me mandó un mensaje pidiéndome que lo sustituyera. No tenía ni idea de que hubiera animado a tu sobrino a hacer de modelo.

Marco supo que estaba diciendo la verdad y se sintió culpable.

—¿Por qué no me lo has contado antes?

—Porque no me habrías creído —dijo ella con tristeza.

—Puede que tengas razón. Siento haberte juzgado mal.

Lily no tenía fuerzas para decirle que además había necesitado mantener las distancias porque temía la forma en que la hacía sentir. Y al hecho de que él no sintiera lo mismo, tal y como ya había demostrado, se añadía desde ese momento saber que seguía lamentando la pérdida de la mujer con la había planeado casarse. Empezó a caminar hacia la puerta, consciente de sus obligaciones con la duquesa y con su trabajo, pero se paró en seco cuando Marco le dio alcance y le preguntó:

—¿Y Anton? Háblame de él.

—No hay nada que contar —dijo Lily en un precipitado susurro.

Marco tuvo la certeza de que mentía, pero en lugar de irritarse sintió una mezcla de curiosidad y de inquietud porque intuía que callaba algo que la había afectado profundamente. Mientras se debatía entre insistir o dejar el tema, Lily continuó yendo hacia la puerta.

Parecía tan vulnerable y tan decidida a mostrarse fuerte. Nadie debía defenderse solo, sin alguien en quien confiar. Él conocía muy bien la desolación que representaba ese estado. Y no estaba dispuesto a que Lily habitara un lugar tan hostil. Aceleró el paso y la tomó por el codo justo cuando entraba en la sala donde se celebraba la recepción.

Lily no supo si sentirse aliviada o avergonzada cuando se dio cuenta de que la duquesa había asumido que su desaparición se debía al deseo de estar a solas. En cualquier caso, fue incapaz de liberarse del brazo protector con el que Marco la sujetaba.

El resto de la velada transcurrió para ella en una nebulosa a medida que el cansancio provocado por la intensidad emocional del día se apoderaba de ella. Afortunadamente, su profesionalidad le ayudó a dejar a un lado asuntos personales cuando la duquesa los acompañó a ver su colección de arte, que Lily fotografió detalladamente.

—Ahora comprendo por qué tienes tanta soltura —comentó Marco en cierto momento, tomando la cámara—. Debes de estar familiarizada con estas cosas desde la cuna.

—Prácticamente —contestó Lily—. Aunque nunca tuve especial interés en la moda. Siempre me fascinó el arte.

–Pero no el moderno.

–El pasado me resulta más seguro, más estable –dijo ella. Y solo cuando vio la forma en que Marco la miraba se dio cuenta de que se había traicionado.

–¿Qué quieres decir con «más seguro»?

–Que no exige que me fíe de mi propio juicio –dijo ella a la defensiva.

–Parece que la seguridad es un tema recurrente en tu vida.

–Supongo que se debe a la inestabilidad que me causaba tener unos padres que se peleaban todo el tiempo.

Lily se alegró de que la presencia de la duquesa impidiera que la conversación adquiriera un cariz más personal, y que, más tarde, el resto de los invitados asistieran a la cena y el tema dominante fuera el arte.

Sin embargo, el momento de retirarse a su suite llegó inevitablemente.

–Puedes pasar primero al cuarto de baño –dijo en cuanto entraron–. Tengo que pasar a limpio mis notas, así que voy a trabajar un rato.

Marco asintió con la cabeza.

No era ni mucho menos tan inmune a los encantos de Lily como debería o quería ser. Que se hubiera mostrado comprensiva con él por Olivia no significaba… ¿Qué? ¿Que lo deseara? Marco se sentía lo bastante seguro de sí mismo como para saber que eso podía lograrlo sin dificultad. Los dos tenían un pasado traumático, y el dolor necesitaba de consuelo. Él podría consolarla. Podría tomarla en sus brazos y demostrarle que podía proporcionarle más placer que el hombre al que Lily temía y deseaba a partes iguales.

Pero, ¿en qué estaba pensando? Los viejos hábitos aprendidos se hicieron hueco en sus reflexiones, poniéndolo en guardia contra cualquier muestra de debilidad. Que tuvieran algo en común no significaba que pudiera confiar en ella.

—Buenas noches —dijo fríamente, abriendo la puerta del dormitorio.

—Buenas noches —contestó ella.

Lily se dijo que era verdad que tenía trabajo y reprimió un bostezo cuando Marco desapareció tras la puerta. Se sentó ante un bonito escritorio y abrió su ordenador, al que conectó la cámara para volcar las fotografías que había tomado.

Normalmente, en cuanto empezaba a trabajar, se concentraba tan profundamente, que olvidaba todo lo que la rodeaba, pero aquella noche, no podía desviar la atención de las imágenes de Marco que su cerebro había almacenado a lo largo del día. Marco sonriendo cuando la duquesa los presentó como pareja; Marco sujetándola por el brazo cuando la aparición de Melanie la había perturbado; Marco, hablándole de su amor perdido.

Lily se frotó los ojos, se puso en pie y recorrió la habitación para despejarse. Le picaban los ojos y empezaba a tener dolor de cabeza. Estaba cansada, pero no se atrevía a cruzar el dormitorio para ir al cuarto de baño hasta estar segura de que Marco dormía. Lo mejor sería echarse un momento en el sofá y descansar unos minutos...

Marco miró la hora. ¿Estaría Lily todavía trabajando? Llevaba más de una hora en la cama y cuando la había dejado parecía cansada.

Salió de la cama diciéndose que solo pretendía comprobarlo porque le preocupaba que sus planes de viaje se vieran trastocados, no porque le preocupara Lily... O eso fue lo que quiso creer mientras se ponía el albornoz y salía a la sala.

El ordenador seguía abierto sobre el escritorio, pero Lily estaba dormida en el sofá, completamente vestida. ¿Por qué no se habría instalado más cómodamente?

Se dijo que el que no lo hubiera hecho lo irritaba, que no era asunto suyo lo que hiciera consigo misma. Apagó el ordenador pensando en dejarla tal y como la había encontrado, pero un impulso incontrolable le obligó a desandar sus pasos y volver a mirarla. No conseguiría descansar si dormía tal y como estaba. Como poco, se despertaría con dolor de cuello, y si eso sucedía, su trabajo se vería perjudicado, que era lo único que a él le importaba. Los sofás y las sillas antiguas eran hermosas, pero poco apropiadas para el descanso.

Por otro lado, la cama del dormitorio era enorme, lo bastante grande como para que dos personas durmieran en ella sin necesidad de tocarse. Sería poco caballeroso dejarla donde estaba, incumpliendo la cortesía debida a alguien que, después de todo, estaba a su cuidado.

Se inclinó para despertarla, pero se detuvo a medio camino. Lily protestaría e insistiría en que la cama era para él. Sería mucho más eficaz llevarla en brazos, dormida, que iniciar una discusión sin fin.

Cuando la levantó, Lily emitió un suave gemido que le hizo contener la respiración por temor a que se despertara, pero ella se limitó a acomodarse en sus brazos. El contacto con el calor de su cuerpo le aceleró el corazón, y se reprochó estar en un estado tal de hipersensibilidad que temía cualquier grado de intimidad con ella.

Lily se arrebujó en su pecho al tiempo que dejaba escapar un suspiro de bienestar. Abriendo la cama, Marco la dejó sobre el colchón y luego se quitó el albornoz para meterse en el otro lado.

Vio que Lily fruncía el ceño en sueños y permaneció en su lado, con los músculos en tensión, al tiempo que rezaba para que Lily no recorriera la distancia de seguridad que había puesto entre ellos.

Pero por mucho que Marco rogara, nada podía contener el deseo que estar en sus brazos había despertado en Lily. Se acercó y suspiró al acurrucarse contra él, con la mano sobre su brazo y la cabeza en su pecho. Marco quería empujarla, pero no pudo. La rebelión que había estallado en su interior horas antes había vencido a su sentido común y a la voz que le advertía que tenía que evitar cualquier intimidad entre ellos. Marco jamás había dormido con una mujer en sus brazos. Era la primera vez que, de hecho, le apetecía hacerlo, y se trataba de un tipo de proximidad con la que no se sentía cómodo. Sus padres habían mantenido una relación de fría formalidad. Siempre habían dormido en camas separadas.

Pero en aquel momento, decidió que sostener a Lily en sus brazos era precisamente lo que quería. La estrechó contra sí y sintió una presión desconocida en el pecho. Y fue entonces cuando supo que, si hasta entonces había evitado una situación como aquella, era porque le daba miedo, porque le hacía vulnerable frente a la mujer a la abrazaba. Porque una vez descubierto un placer como aquel, nunca más querría vivir sin él... y sin la mujer que lo causaba.

La suave luz de la mañana se filtraba a través de las cortinas, iluminando el rostro de las dos personas que yacían juntas en el centro de la cama. Marco sujetaba a Lily, que no era consciente de haber buscado su proximidad en sueños.

Marco se despertó primero, y por un instante disfrutó de la sensación de seguir abrazado a Lily, hasta que se le aclaró la mente y de pronto se dio cuenta de lo que implicaba. Aun así, no la soltó. Antes quiso averiguar por qué no solo le resultaba natural, sino incluso necesario. Tenía que admitir que era preciosa, que como mujer tenía todo lo que un hombre podía desear. Por eso mismo, era evidente que el hombre que la había dejado escapar debía de ser un idiota. Marco notó que el corazón se le aceleraba y el leve movimiento que hizo para ahuyentar sus pensamientos despertó a Lily.

Si no abría los ojos, podía evitar despertarse y

así seguir soñando que Marco la sujetaba en sus brazos. Mmm… En su sueño, seguían abrazados y podía sentir su corazón latir bajo su mano. Podía sentirlo como si fuera de verdad. Lily abrió los ojos bruscamente. Estaba en la cama con Marco, abrazada a él. ¿Cómo había llegado hasta allí? ¿Habría ido sonámbula a la cama?

Miró a Marco, que la soltó de inmediato y se levantó.

–Parecías incómoda en el sofá –dijo con indiferencia mientras se ponía un albornoz–, así que te traje a la cama. Es lo bastante grande para los dos.

Luego, fue al cuarto de baño.

Lily comprobó aliviada que estaba vestida, aunque sospechó, avergonzada, que debía haber sido ella quien había buscado el contacto con Marco en sueños. ¿Por qué no le habría pedido él explicaciones por su comportamiento? Quizá porque estaba tan acostumbrado a que las mujeres estuvieran deseosas de acostarse con él, que ni siquiera le daba importancia.

Lily sintió que el corazón le pesaba como el plomo.

Pasaron un día muy ocupado, en el que visitaron dos villas por la mañana con un pequeño descanso para el almuerzo antes de visitar otra villa en una de las islas del lago. Pero por muy entretenida que estuviera, Lily no pudo dejar de pensar en las sensaciones que había sentido y en lo que había pensado al despertar en brazos de Marco.

Tenía la sensación de haber descubierto un preciado tesoro cuya existencia la llenaba de felicidad. Pero se trataba de un tesoro sin valor alguno, porque no significaba nada para Marco. Porque ella no significaba nada para él.

Al final de la tarde se detuvieron en un bonito pueblo a la orilla del lago para tomar un café a sugerencia de Marco.

Él había entrado a pagar la consumición y ella esperaba sentada fuera, disfrutando del frescor de la tarde cuando, para su horror, vio a Anton Gillman al otro lado de la calle.

Equivocadamente, había asumido que habría vuelto de Milán con el resto del grupo. Aterrada, se encogió en la silla confiando en que no la viera, y por un instante creyó estar a salvo. Pero la mujer que ocupaba mesa junto a la suya se puso en pie y los ladridos de su perro pequinés llamaron la atención de Anton, que miró en su dirección. Lily no tenía manera de esconderse ni de impedir que la viera, y supo que la había identificado al verlo cruzar con paso decidido hacia ella. Era una espantosa y cruel coincidencia.

Lily se estremeció al observar la mirada de admiración que le dedicaba la mujer del perro. Era evidente que le impresionaba su aura de poder, su elegante traje y su estilo exquisito. Pero estaba segura de que su admiración se evaporaría de haber sabido cuáles eran sus preferencias sexuales.

Lily no estaba impresionada, sino aterrada. Volvía a ser una adolescente paralizada por el miedo porque sabía lo que él quería de ella.

Anton le sonreía con aquella sonrisa maliciosa

y cruel que ella no había conseguido olvidar por mucho que se hubiera esforzado.

–Lily, cariño –la saludó con voz de terciopelo al tiempo que le acariciaba la línea de la barbilla con los nudillos. Al ver su rechazo instintivo, continuó–. Qué encantador que sigas siendo tan… sensible. Estoy deseando descubrir hasta qué punto lo eres cuando por fin te entregues a mí.

Desde dentro del café, Marco, que esperaba a pagar la cuenta, vio al hombre moreno que se aproximaba a Lily y lo reconoció al instante. Su examante. La rabia y los celos lo asaltaron al instante. Había dos personas delante de él esperando a pagar, una de ellas un hombre mayor que apenas si podía lee la cuenta. Marco vio al hombre moreno inclinarse hacia Lily, que quedaba fuera de su vista, y la intensidad de la emoción que estalló en su interior no le dejó dudas sobre la naturaleza de sus sentimientos. Tenía celos del derecho que otro hombre pudiera tener a reclamar el afecto de Lily porque… ¿Porque significaba para él mucho más de lo que estaba dispuesto a admitir?

El anciano rebuscaba el dinero mientras la mujer que le seguía en la cola refunfuñaba con impaciencia, pero Marco no prestaba atención ni al uno ni a la otra.

¿Cómo había sucedido? ¿Cómo era posible que Lily se hubiera convertido en algo tan importante para él? No lo sabía. Solo sabía que era lo último que hubiera querido que pasara. Se había construido una vida cuyo orden dependía de no implicarse emocionalmente en ninguna relación, de no depender de nadie. ¿Cómo había conseguido Lily deslizarse entre sus defensas y alcanzar el único punto en el que era vulnerable?

Aun así, todavía estaba a tiempo de desoír la llamada, de dar un paso atrás y evitar el peligro al que se exponía, de huir de Lily.

Lily se dijo que no era lógico que sintiera tanto miedo, puesto que Anton no podía hacerle daño. No era una niña, sino una mujer, y estaban en público. Además, era dueña de su vida.

Pero algunos temores no respondían al razonamiento y por eso aquel había permanecido vivo durante tantos años en su interior.

–¿Por qué no damos un paseo tú y yo? –sugirió Anton–. Estoy seguro de que a tu acompañante no le importara, doctora Wrightington.

Lily sintió un nudo en el estómago al darse cuenta de que había estado haciendo averiguaciones sobre ella.

–No pienso ir a ninguna parte contigo.

Supo demasiado tarde que se había equivocado al provocarlo usando las mismas palabras con las que lo había rechazado en el pasado. ¿Dónde estaba Marco? ¿Por qué no volvía?

Miró ansiosa hacia el interior del café con la esperanza de que Marco la viera y acudiera a rescatarla, pero otros clientes le bloqueaban la vista. Estaba sola con Anton. Marco la había abandonado igual que lo había hecho su padre. Nadie acudiría salvarla, a protegerla.

¿No había sido siempre igual? ¿No se había tenido siempre que defender sola? ¿No la habían descuidado aquellos a quienes amaba? Su padre, su madre, Marco… Tenía tanto miedo, estaba tan sola… Debía escapar como fuera. Se puso en pie tan bruscamente, que la silla chirrió contra el suelo de piedra, y su miedo se convirtió en pánico cuando Anton la tomó del brazo.

Dentro del café el anciano por fin pagó su cuenta, y en aquel momento lo hacía la mujer. Marco volvió la vista hacia la mesa donde había dejado a Lily. Se estaba poniendo de pie y el hombre la tomaba del brazo. Estaban muy cerca el uno del otro. ¿Acaso Lily había olvidado que el hombre que la sujetaba y al que estaba a punto de volver a entregarse la había abandonado ya antes? Si era así, quizá él debía recordárselo. ¿Y permitir que lo humillara diciéndole que no se metiera donde no le llamaban, tal y como le había sucedido con Olivia? ¿Arriesgarse a que lo acusara de destrozarle la vida?

Marco se vio a sí mismo a los dieciocho años, humillado y herido. No estaba dispuesto a pasar de nuevo por lo mismo.

Dio la espalda a la escena que tenía lugar en el exterior y siguió esperando su turno.

–¡Pobre Lily, todavía te doy miedo! ¡Qué maravillosamente erótico! Incluso más que cuando eras pequeña. No hay nada como el miedo para… animar las cosas.

Algo estalló en el interior de Lily. El instinto y

la desesperación le hicieron ignorar las normas de cortesía que le impedían hacer una escena en público, o pedir ayuda a alguien, o confiar en que alguien se sintiera responsable de su seguridad. Dejándose llevar por el instinto de supervivencia, se volvió hacia el interior del café. Por fin pudo ver a Marco. Estaba pagando la cuenta.

—¡Marco…!

El tono angustiado, casi lloroso, en el que Lily lo llamó hizo que Marco se volviera al instante. Ella lo miraba y alargaba el brazo que tenía libe hacia él. Lo necesitaba. ¡Lily lo necesitaba!

Dejando un billete que doblaba la cuenta, Marco corrió hacia la puerta.

Lily suspiró aliviada. Marco la había oído y acudía en su ayuda.

Él llegó y le tomó la mano con firmeza.

—Por favor, Marco, haz que se vaya —suplicó ella, dominada por la angustia—. Por favor, haz que se vaya —repitió.

—Ya has oído a Lily —dijo Marco a Anton, encarándolo en actitud amenazadora.

En lugar de moverse, Anton lo miró con desdén.

—¡Qué mala eres, Lily! No me habías dicho que tenías un nuevo… protector.

Mientras que Lily se estremeció, Marco se mantuvo impasible. Cualquiera que fuera la relación que Lily y aquel hombre habían mantenido en el pasado, era a él a quien había pedido ayuda, y le resultaba inconcebible negar auxilio si una mujer se lo solicitaba.

—Cualquier hombre decente consideraría su

deber proteger a una mujer de un hombre como
tú –dijo Marco con aspereza–. Y te advierto que
pienso proteger a Lily más allá de este incidente.
Te aconsejo que no te acerques a ella. De hecho,
lo mejor sería que te fueras de Italia hoy mismo.

El aire de superioridad con el que Anton había
recibido a Marco se evaporó al tiempo que pro-
testaba:

–No puedes amenazarme.

–No se trata de una amenaza –aseguró Marco–
. Me limito a darte un consejo.

Lily escuchó el intercambio con gratitud y admiración. Marco estaba actuando de una manera
magnífica. Tenía el control, era dueño de la situación y estaba haciendo añicos a Anton que, tras
soltarle el brazo, empezó a retroceder hasta que
finalmente dio media vuelta y desapareció entre
los transeúntes.

Lily miró a Marco, que se mantenía a su lado
en tensión, esquivando su mirada.

Él estaba tratando de asimilar el hecho de que
lo que acababa de pasar amenazara su paz de espíritu. Sentía la garganta en carne viva y agarro-
tada. Se volvió hacia Lily. Parecía angustiada,
pero guardaba silencio. Estaba pálida y desvió la
mirada a la distancia, abatida pero sin perder la
dignidad, como un guerrero retomando las armas
con esfuerzo para continuar la batalla con renova-
do ímpetu. Parecía tan sola… Él sabía bien qué
se sentía en esa soledad y cuánto se endurecía el
corazón para protegerse de ella.

Lily temblaba violentamente. Estaba demasiado traumatizada como para actuar racionalmente.

Era evidente que lo que había sucedido entre ella y su examante la había afectado profundamente. Marco dio un paso hacia ella antes de cambiar de idea y retroceder. Quería cruzar el abismo que le impedía obedecer a sus instintos, pero llevaba tantos años negándolos, que las normas que los habían sustituido seguían teniendo una extraordinaria fuerza. Las voces que lo animaban a rebelarse eran cada vez más audibles, e intentaban convencerlo de que se abriera a Lily, pero él se resistía porque tenía demasiado miedo. Temía ser engañado y traicionado. Y sin embargo, algo le decía que Lily no haría nada de eso.

A su alrededor la vida seguía con normalidad, pero el mundo de Marco se había quedado paralizado, como si estuviera a punto de producirse un gran acontecimiento.

Lily. Su corazón latía con fuerza en su interior como si intentara liberarse de las ataduras del pasado. Lily lo había buscado, le había pedido ayuda y había confiado en él. Confianza. La confianza era un bien valioso cuando era compartida entre dos seres humanos. La confianza que Lily había puesto en él exigía ser correspondida. Pero, ¿cómo iba a confiarle a ella o a nadie su vulnerabilidad? No podía. Tenía que mantenerla bajo llave.

El claxon de un coche lo sacó de su ensimismamiento, devolviéndolo a la vida real y ahuyentando el peligro. Por un instante se había encontrado en una encrucijada en la que había estado a punto de arriesgarse a tomar el camino equivocado, pero afortunadamente se había dado cuenta a tiempo de su error. El sentido práctico se había reafirmado en su interior, devolviéndolo a la seguridad de tener que lidiar con asuntos concretos y no con los sentimientos.

Habían acabado las actividades programadas para aquel día y, aunque Marco pensaba llevar a Lily a ver una fábrica de seda, tal y como ella le había solicitado, era evidente que estaba demasiado aturdida como para hacerlo en aquel momento. Lo mejor sería volver al confort de la villa de la duquesa. Hicieron el viaje en silencio, con Lily sentada a su lado en una tensión que solo se veía alterada por súbitos temblores.

La duquesa había salido a ver a unos amigos y Lily no puso objeción cuando Marco le sugirió que fuera a descansar un rato. Cuando llegaron al dormitorio, se sentó al borde la cama y habló por primera vez:

—Por favor, no me dejes sola —suplicó.

—Aquí estás a salvo, Lily —respondió Marco—. Él no puede volver a incomodarte, a no ser que tú quieras que vuelva a tu vida.

—¿Pedirle que vuelva a mi vida? —Lily se estremeció—. Jamás, jamás…

—Tuvo que haber un tiempo en el que te importaba.

Marco habló con frialdad, atendiendo a las voces que le advertían que ya había bajado en exceso sus defensas, pero que estaba a tiempo de rectificar.

El efecto que tuvieron sus palabras en Lily, que lo miró espantada, hizo que se arrepintiera al instante y se sintiera culpable.

–Jamás –dijo ella–. Me produjo repugnancia desde el primer momento, pero era amigo de mi padre y venía casa a menudo, sin que yo pudiera hacer nada para impedirlo.

¿Había conocido a ese hombre por su padre? Hasta su lado más escéptico y descreído tuvo que reconocer que eso ponía las cosas bajo otra perspectiva, pero aun así Marco no pudo reprimir el impulso de decir en tono acusatorio:

–Erais amantes.

Capítulo 9

LILY miró a Marco espantada. Sus palabras habían inundado su mente de recuerdos e imágenes que minaron su frágil estabilidad.

Llevaba años guardando el secreto, resistiéndose a compartirlo con alguien, soportando el horror de su recuerdo sobre sus espaldas y de pronto la carga le resultaba insoportable. Ya no podía seguir, ya no podía llevar el peso de ese dolor y de esa culpabilidad.

Las emociones del pasado la invadieron, sacudiéndola y haciéndola estremecer.

–¡No! –exclamó con vehemencia–. Jamás le dejé tocarme –la recorrió un escalofrío–. Lo odiaba, lo despreciaba –las palabras se aceleraron en su boca, saliendo de ella a borbotones, inconexas–. Me decía cosas constantemente, no paraba de mirarme… Sabía que lo odiaba, pero eso lo excitaba. Me dijo que conseguiría lo que se proponía y que no podría impedirlo. Le dije que se lo diría a mi padre, pero se limitó a reírse. Yo tenía catorce años y mi padre…

La emoción le impidió seguir mientras Marco sentía que con cada palabra abría una grieta en las defensas que tan costosamente había vuelto a erigir a su alrededor. Al mismo tiempo crecía en él el sentimiento de culpabilidad por haber puesto tanto empeño en mantener su desconfianza hacia ella mientras dejaba a Lily a merced de su torturador.

Como un río contenido por un embalse que recuperara su curso original, los sentimientos y emociones de Lily anegaron las tierras que llevaban años desecadas, al mismo tiempo que una corriente contraria se aferraba desesperadamente a la contención.

Como siempre que se sentía amenazado por las emociones, Marco buscó refugio en la acción. Fue hasta el mueble bar que había en un rincón del salón, sirvió un brandy y se lo dio a Lily.

—Bebe esto —dijo—. Estás en estado de shock y te hará sentir mejor.

Ella se llevó el vaso a los labios. El líquido ámbar le quemó la garganta, calentándole el estómago y dejándola levemente mareada.

¿Por qué le habría contado a Marco aquello? Habría dado cualquier cosa por no haberlo hecho, pero era demasiado tarde para negarlo. Se puso en pie bruscamente, ignorando la nebulosa que le impedía ver con claridad y recorriendo el salón atrapada en su propio mundo de miedo y desesperación.

Marco era consciente de la importancia de lo que Lily acababa de confesar y del enorme dolor que acarreaba. Un dolor que él había contribuido a aumentar al juzgarla equivocadamente. Como un ciego buscando el camino en un territorio desconocido, se preguntó qué debía hacer para ayudarla. Por primera vez, el bienestar de Lily era más importante que su necesidad de protegerse. Quería cuidarla, protegerla, amarla. ¿Amarla? Quería amarla.

Apartó aquel pensamiento de su mente al instante. Lily necesitaba expresarse, contar aquello que se había guardado para sí durante tanto tiempo. Y él sabía bien la oscuridad a la que ese secretismo abocaba.

—Cuéntamelo todo, Lily —la instó con dulzura—. Háblame de… Anton.

Lily lo contempló con la mirada extraviada, como si fuera súbitamente consciente de su presencia.

—No puedo —contestó—. No lo comprenderías. Pensarías que miento.

Sus palabras golpearon la conciencia de Marco como un puñetazo.

—Prometo comprenderte y creerte —dijo con solemnidad, antes de añadir—. ¿Dices que fue tu padre quien te lo presentó?

—Sí. Anton es dueño de una de las revistas que solía contratar a mi padre y venía al estudio a menudo.

—¿Allí fue donde lo conociste?

—Sí. Me desagradó desde el primer momento —Lily cerró los ojos, pero no pudo bloquear las imágenes que la asaltaban—. Él lo sabía y le hacía gracia. Le gustaba… asustarme. Y lo cierto es que me daba miedo. Bastaba con que me mirara para que sintiera miedo. Incluso solía tenía pesadillas con él.

Marco tragó saliva para contener la furia mezclada de compasión que sentía crecer en su interior.

—¿Y tus padres? ¿Tu madre?

–Para entonces mi madre había muerto, y mi madrastra había dejado a mi padre, llevándose a Rick con ella. Yo estaba en un colegio interna, así que solo coincidía con él durante las vacaciones en casa de mi padre.

–¿Le dijiste lo que pasaba?

–No pude. No lo habría entendido. Mi padre... Ya oíste a Melanie. Él nunca quiso tener hijos.

Marco pensó con amargura que eso no lo liberaba de la responsabilidad de protegerlos, pero no quiso aumentar la tristeza de Lily compartiéndolo con ella.

Como si le leyera el pensamiento, ella añadió precipitadamente.

–Eran amigos... Aún más, mi padre trabajaba para Anton. Como sabes, era fotógrafo. Trabajaba para varias revistas de élite del mundo de la moda. Tanto él como la gente con la que se mezclaba eran muy modernos, y llevaban una vida que se podría resumir con el famoso «sexo, drogas y rock & roll».

–¿Y Anton formaba parte de ese mundo?

–Sí. Era, y supongo que sigue siendo, un hombre muy rico y muy importante en ese mundo. Su revista es muy influyente. Que te encargara hacer un reportaje de moda era un privilegio. Podía representar el éxito o el fracaso para un fotógrafo. Mi padre era adicto al trabajo como otros lo son a las drogas. Era muy creativo, un genio en su campo, y se impacientaba con cualquiera que se interpusiera en su camino o que le impidiera desarrollar su talento plenamente.

–¿Quieres decir que apenas dedicaba tiempo a sus más allegados? –apuntó Marco.

–Mi madrastra sabía manejarlo mejor que mi madre, pero también ella acabó por perder la paciencia. Rick, mi hermanastro, venera su memoria y quiere seguir sus pasos, pero nunca lo conoció de verdad.

–Al contrario que tú. Y dices que Anton y tu padre eran amigos…

–Sí. Recuerdo que el verano que yo tenía catorce años se pasaba todo el tiempo en el estudio. Cuando papá no estaba, solía pedirme que posara… desnuda para él, pero yo siempre me negué. Recuerdo que papá se puso furioso cuando intenté contárselo.

–¿Por qué? ¿Qué te dijo?

–No estaba dispuesto a creerme. Me acusó de querer llamar la atención, de ser como mi madre. Fueron unas vacaciones espantosas. Papá me retiró la palabra y justo antes de regresar al colegio mi madrastra me dijo que iba a divorciarse de él. Yo la quería mucho. Todavía la quiero. Siempre fue buena conmigo y por eso siento la responsabilidad de ocuparme de Rick. Se volvió a casar y ahora vive en California. Me invita regularmente, pero todavía no he encontrado el momento ir a verla.

Tras una breve pausa, continuó:

–Rick siempre dice que no es justo que papá me enseñara a usar la cámara porque murió antes de poder enseñarle a él. Yo no podría haberlo evitado ni aunque hubiera querido. Pero siempre preferí fotografiar cosas a personas. Me hacía sentir más segura. La cámara capta cosas que el ojo humano no siempre ve. Mi madre... En algunas fotografías puedes intuir lo desesperada y lo sola que estaba. Ojalá hubiera podido ayudarla... El caso es que, después de aquel verano, cada vez que volvía a casa me encontraba a Anton, y me di cuenta de que... –calló bruscamente. Era demasiado difícil.

–¿De qué? –la animó a seguir Marco, con una calma que la ayudó a tranquilizarse.

Aun así, no podía mirarlo a los ojos, así que fue hasta la ventana y, contemplando el paisaje, continuó en voz baja:

–Me di cuenta de que las modelos que Anton le pedía a mi padre que usara en los reportajes eran cada vez más jóvenes. Una de ellas, Anna, era preciosa; solo tenía quince años y nos llevábamos muy bien. Como yo, todavía iba al colegio, pero no estaba interna, sino que vivía en Londres. Sus padres estaba divorciados y a su padre no le gustaba que ejerciera de modelo. Ella le dijo que su agente le había comentado que, antes de final de año, le darían una portada en el *Vogue*, pero nunca llegó a conseguirlo –se le quebró la voz–. Lo siento. No puedo... Fue tan espantoso, tan horrible...

–¿Qué pasó, Lily?

Marco lo sospechaba y estaba consternado.

–Por eso todavía odio volar en helicóptero, porque aquel día volamos en helicóptero a la localización del reportaje –Lily se estremeció–. Todavía me siento culpable por no haber dicho nada –añadió, volviéndose hacia él con las facciones desfiguradas por la angustia.

Marco estaba familiarizado con el sentimiento de culpa y sabía cómo podía erosionar a una persona. Fue hacia ella pensando en cobijarla en sus brazos, pero sus propios fantasmas lo contuvieron, susurrándole que, si la abrazaba, estaría adquiriendo el compromiso de permanecer atado a ella, y ese era un riesgo que no podía correr.

Vio que Lily se erguía al tiempo que respiraba profundamente, como si estuviera a punto de enfrentarse a un gran reto.

–Anna me dijo que Anton la había violado y que estaba embarazada. Llorando, me contó que Anton había acudido al estudio y había conseguido que mi padre se fuera para quedarse a solas con ella. Me dijo que había sido espantoso y que le daba miedo decírselo a su madre.

Lily volvió a respirar.

–Eso fue el día antes de que empezara el colegio, y nunca volví a verla. Cuando le pregunté a mi padre por ella me dijo que, según Anton, había dejado de ser modelo después de caerse por las escaleras de la casa de su madre y romperse una pierna. Le escribí, pero nunca me contestó. En cambio recibí una carta de su madre diciendo que había ido a vivir con su padre y su madrastra.

Su voz de quebró de nuevo y Marco pudo imaginar cómo se sentía.

–Luego llegaron las vacaciones de Navidad, y Anton parecía haberse instalado en el estudio –carraspeó y elevó el tono–. Hasta que un día volvió solo después de haber ido a comer fuera con mi padre.

Tragó saliva.

–Fue aún más espantoso de lo que siempre había imaginado. Me dijo lo que quería hacerme y lo que me haría hacerle.

El desprecio que Marco sentía por aquel hombro se transformó en ira.

–Le dije que se lo contaría a mi padre pero él se limitó a reír. Me dijo que le gustaban las vírgenes jóvenes. Fue horrible, asqueroso. Huí del estudio. No sabía qué hacer o adónde ir. Tenía la llave del apartamento de mi padre, pero temía encontrarme allí con Anton.

Marco cerró los ojos para contener la furia que amenazaba estallar en su interior contra el hombre que había intentado abusar de ella, contra su padre, pero por encima de todo, contra sí mismo por no haberse sido consciente de su miedo y por no haberla protegido antes.

Lily no comprendía por qué Marco seguía tan callado y tan quieto cuando ella necesitaba tanto su consuelo. Indefensa, exhausta, alzó los brazos hacia él y suplicó:

–Abrázame, por favor.

Marco se quedó perplejo. No podía abrazarla. Si la tocaba, dudaba que alguna vez pudiera soltarla.

Al verlo girarse en el sentido contrario, Lily supuso que sentía desprecio por su debilidad, y la respiración que contenía escapó de sus labios en algo parecido a un sollozo.

¿Lily lloraba? ¿La había hecho llorar él?

Marco se volvió bruscamente y fue hacia ella desatendiendo las voces de alarma que le exigían detenerse. ¿Cómo iba a escucharlas si su corazón estaba desbordado?

Lily lo observó en silencio y por un instante Marcó pensó que iba a rechazarlo, y casi deseó que lo hiciera. Pero a continuación, emitió un gemido de angustia y prácticamente se lanzó a sus brazos, rodeándole el cuello y apoyando la cabeza en su pecho.

Lentamente, con torpeza, Marco le rodeó la cintura. Acababa de rendirse, de reconocer que había perdido la batalla, de entregar su voluntad. Debía haberse sentido mal. Debía haberle resultado incómodo abrazarla. Y sin embargo… Marco lo supo al estrecharla contra sí con fuerza. Lily lo complementaba, y saberlo le hizo suspirar lenta y profundamente, como si se liberara de la pesada carga que lo había acompañado todos aquellos años.

Aunque Lily fuera ya una mujer, podía imaginar y compadecer a la niña vulnerable del pasado. Olivia nunca le había hecho sentir algo así. De hecho, en las pocas ocasiones en que se habían besado, nunca había sentido nada parecido al hambre que Lily despertaba en él. Nunca había sentido que la deseaba y al mismo tiempo que debía rechazarla porque le hacía sentir en carne viva. Su relación se había parecido más a la relación entre hermanos que a la de dos jóvenes que se amaban.

Pero su atención debía centrarse en Lily, no en Olivia, y aún menos en su temor de desnudar su alma.

—¿Y qué pasó el resto de las vacaciones? —preguntó.

—Volví al colegio —dijo ella, con la voz distorsionada porque mantenía el rostro apoyado en el hombro de Marco–. Allí me sentía segura y celebré las fiestas con las demás chicas que no volvían a casa durante las vacaciones. Los profesores nos llevaron al teatro y a visitar museos. Fue como formar parte de una familia y me sentí a salvo.

Igual que en aquel instante. Alzó el rostro y añadió:

–Muchas gracias por haberme ayudado. Gracias.

Lily fue a darle un beso en la mejilla, pero Marco se giró y sus labios se tocaron. Él dio un paso atrás.

–Perdona –se disculpó ella, mortificada–. No pretendía… He sido una desconsiderada pidiéndote que me abrazaras cuando lo que te he contado ha debido recordarte a la chica con la que ibas a casarte.

–Es verdad que pensaba en ella –farfulló él, diciéndose a sí mismo que en quien verdaderamente había pensado era en Lily y que siempre pensaría en ella.

Lily pensó que, si la respuesta de Marco le dolía tanto, era porque ya no podía ignorar el hecho de que se estaba enamorando de él. No lo habría deseado con la intensidad que lo hacía si no lo amara. Y la expresión de su rostro en aquel momento le hizo el corazón añicos. Había llegado el momento de dejar atrás el pasado.

–No es lógico que siga temiendo a Anton. Soy adulta y solo puede intimidarme si sigo dejando que lo haga –dijo, esforzándose por adoptar un tono animoso para ocultar el dolor que le causaba necesitarlo–. Y lo que hace que ese miedo sea aún más irracional es que me aseguré de perder la virginidad en cuanto cumplí los dieciséis años para librarme de aquello que pensaba que Anton quería de mí.

Marco agachó la cabeza. También él había perdido la virginidad a esa edad, en manos de una chica mayor que él que lo sedujo con entusiasmo y a la que consideraba una gran experta, pero se había tratado de una experiencia impersonal e insatisfactoria.

–Me lo propuse como objetivo, como si se tratara de un puente que debía cruzar antes de quemarlo para estar a salvo de Anton –continuó Lily–. Como mi cumpleaños es en mayo, tuvo que ser durante el curso. En un baile en un colegio público cercano, un chico al que recordaba de la fiesta de Navidad me invitó a bailar. Me caía bien porque era callado y tímido. Lo hicimos con torpeza y precipitación, y tengo que reconocer que nunca he sentido ganas de repetir.

Marco sintió que el corazón se le encogía. No era justo que ninguno de los dos hubieran experimentado el sexo más que como algo mecánico; en su caso, a pesar de haber adquirido a lo largo de los años la suficiente práctica como para proporcionar placer a sus parejas, nunca se había sentido interesado en el sexo más que como una forma de relajación física. Juntos podrían haber compartido algo excepcional, algo único que no habían experimentado antes con nadie, y que, en su caso, estaba seguro de que ya no querría experimentar con nadie más que con ella.

Marco se consideraba un hombre moderno y

pragmático, pero en aquel instante, contra toda lógica, algo en su interior le hizo cuestionarse si habría una razón, más allá de la pura casualidad, para que sus caminos se hubieran cruzado.

¿Qué estaba pensando? ¿Que el destino había intervenido? ¿Que estaba escrito en las estrellas antes de su nacimiento? ¿Era eso lo que quería creer para tener el valor de entregarse tal y como ansiaba que ella se entregara a él?

Los muros entre los que llevaba tanto tiempo refugiado de sus propias emociones estaban derrumbándose a su alrededor.

–¿Puedo preguntarte una cosa?

La titubeante pregunta de Lily hizo que la mirara con inquietud, pero que asintiera con la cabeza.

–¿La única razón de que no confíes en mí es mi vinculación al mundo de la moda? ¿O… O tiene que ver con tu novia?

¿Por qué se empeñaba en añadir dolor al dolor?, se preguntó Lily. ¿Qué más daba que fuera una cosa u otra? Y sin embargo suspiró cuando Marco contestó con brusquedad.

–Sí.

Lily fue a dar media vuelta cuando Marco añadió con mayor brusquedad aún.

–Y no confiaba en ti. En pasado –concluyó, antes de cruzar la habitación y salir, dejando a Lily mirando al vacío tras él.

¿Quería decir que había empezado a confiar en ella? Porque si era así…

«Para», se dijo Lily. «No concibas esperanzas o te arrepentirás».

Capítulo 10

HACÍA más de una hora que Marco la había dejado sola en la habitación, una hora durante la que había dado vueltas en su cabeza una y otra vez a la conversación, preguntándose por qué le habría dicho que no había estado con ningún hombre desde que había perdido la virginidad.

En realidad no necesitaba preguntárselo porque sabía que lo que había deseado era que él la tomará en sus brazos, que la llevara a la cama y compartiera con ella los placeres sensuales que estaba segura descubriría con él. Había querido darle su amor, incluso aunque él no pudiera devolvérselo porque amaba a otra persona.

Amaba a otra persona, pero siendo el hombre amable y considerado que Marco intentaba ocultar bajo una máscara de desdén y arrogancia, el hombre que la había rescatado de Anton, estaba convencida de que, si le hubiera rogado que le diera aquello que no había tenido nunca, él habría acabado dándoselo.

¿Se atrevería? ¿Estaba dispuesta a humillarse hasta ese punto aun sabiendo que amaba a otra? Por otro lado, ¿no tenía derecho a conocerlo como amante y de atesorar recuerdos de él a los que aferrarse cuando dejaran de verse?

Tomaba la píldora porque el médico se la había recetado por sus problemas de menstruación, así que no corría el riesgo de quedarse embarazada, y estaba segura de que Marco practicaría una sexualidad responsable.

Ella siempre había jurado no implicarse sexualmente con nadie por temor a enamorarse y sufrir como lo había visto hacer a su madre. Pero dado que estaba enamorada de Marco, el dolor ya era inevitable, llegaran o no a ser amantes.

Amantes. Marco y ella. ¿No era lo que había deseado desde el primer momento?

Cuando Marco volviera… Cuando volviera, ella debía pensar en su propia dignidad y no hacer nada.

Marco vaciló al otro lado de la puerta de la suite. Había dejado a Lily descansando hacía más de dos horas, y quería decirle que la duquesa se había disculpado por tener que acudir a una cena que había olvidado, y que confiaba en que no les importara quedarse solos.

Tras decirle a Lily que confiaba en ella, sus últimas barreras había sido eliminadas porque ya ni las necesitaba ni las quería. Lo que sí necesitaba y quería era el amor de Lily, que formara parte de su vida. ¡La había juzgado tan erróneamente! ¿Podía arriesgarse a decírselo, a mostrarse vulnerable y expresar lo que sentía? ¿Podía creer de verdad la voz interior que le decía que confiara en ella?

Lily observó el picaporte girar con el corazón

en un puño, preguntándose si se atrevería a poner en marcha la estrategia que había planeado al tiempo que para darse ánimos se decía que no tenía nada que perder.

¿El corazón? Ya lo había perdido ¿Su orgullo? No le importaba. En aquel momento lo único que le preocupaba era acumular los suficientes recuerdos de Marcos como para que le duraran el resto de su vida. Si él accedía, a la mañana siguiente ella dejaría la villa y volvería a Inglaterra sin completar el viaje.

Así le evitaría a Marco la incomodidad de su compañía, y ella no tendría que sufrir por un amor no correspondido. Sus últimos recuerdos con él serían en sus brazos, como amantes.

Actuando así no pensaba que estuviera abandonando su responsabilidad con la Fundación, ya que tenía suficiente información como para organizar la exposición. Eso sí, si se iba al día siguiente, no llegaría a ver la casa de Marco...

Claro que lamentaba no poder hacer algunas cosas más, pero por comparación eran todas insignificantes, como vestirse con más sensualidad que el albornoz que llevaba puesto sobre el cuerpo desnudo.

La puerta se empezó a abrir y Lily notó que se le secaba la boca a la vez que el corazón le latía desbocado. Estaba lista, preparada y anhelante. Tras rogar que todo saliera bien, se puso de tal manera que fuera lo primero que Marco viera al entrar en la habitación.

Cuando lo hizo, sin embargo, su reacción no fue la que ella esperaba. Había imaginado que los dos se mirarían fijamente y que, sin decir palabra, ella se quitaría el albornoz al tiempo que avanzaba hacia él lentamente. Pero en lugar de eso, Marco esquivó su mirada.

Marco se irritó consigo mismo por no haber llamado antes de entrar. De haberlo hecho, se habría librado de la agonía de verla con un albornoz bajo el que debía estar desnuda. En cambio, al descubrirla, su deseo por ella fue tan intenso, que pudo sentir su piel de terciopelo bajo las yemas de los dedos. Casi podía olerla, saborearla, y su cuerpo reaccionó en consonancia. Un deseo ardiente, abrasador lo atravesaba, atormentándolo hasta hacerle perder el control, y no solo físicamente. El deseo que Lily despertaba en él era también apasionadamente emocional, lo llenaba de una necesidad acuciante de estrechar vínculos con ella haciéndole el amor, pero también de decirle el tipo de cosas que siempre se habría jurado no expresar. Palabras con las que comunicarle su compromiso y su anhelo. Palabras de placer, cargadas de promesas. Palabras con las que ofrecerle el modesto regalo de su amor y con las que conseguir por arte de magia el dulce premio del de ella. Palabras que darían forma a sus sentimientos y que los liberarían de su prisión. Las mismas palabras que siempre había considerado sus adversarias y que quería convertir en sus aliadas para conquistar el corazón de Lily.

Lily aprovechó el silencio de Marco para rehacer su plan. Respiró para calmar su inquietud y dijo:

—Quiero darte las gracias por haberme ayudado a… aceptar y liberarme del pasado, para avanzar hacia el futuro.

Un futuro que Marco supo al oírla que quería compartir con ella.

–Necesito pedirte un favor –continuó Lily.

–Si está en mis manos, prometo hacer lo que sea.

El corazón de Lily se aceleró.

–Sé que no eres el tipo de hombre al que le gusta dejar las cosas a medias –dijo con voz queda–, así que confío en que…

Marco esperó, alerta.

–Resulta que… –Lily no estaba segura de poder reunir el valor suficiente como para actuar. Pero al pensar en las consecuencias de su silencio, se decidió–: El caso es que liberarme de mi miedo a Anton no consiste solo en escucharme, sino que necesito otro tipo de ayuda.

–¿Cuál?

¿Querría que lo buscara y le diera el castigo que se merecía?

–Quiero que me hagas el amor –al oír a Marco resoplar, se precipitó a añadir–: Ya sé que es pedir demasiado, pero eres al único al que puedo pedírselo. ¿Cómo voy a madurar si no sé qué es ser una mujer sexualmente completa?

Vio que Marco sacudía la cabeza y asumió que iba a negarse. Pero, él dijo con voz ronca:

–¿Tanto confías en mí?

–Confío en ti ciegamente, Marco –dijo Lily con todo su corazón.

Marco la miró entonces con una emoción que ella no supo interpretar, pero avanzó, y al llegar delante de él, dejó caer el albornoz al suelo.

–Lily…

Lily no supo si pronunció su nombre a modo de protesta o de aceptación, pero puso las manos sobre sus hombros y lo besó delicadamente.

–Lily –dijo él de nuevo, en aquella ocasión contra sus labios, al tiempo que la estrechaba por la cintura contra sí.

Ella pudo sentir su sexo endurecido y la recorrió un estremecimiento de placer. El viaje que la conduciría desde el pasado hacia el futuro acababa de comenzar. Aunque entre medias tuviera que sufrir, no estaba dispuesta a pensar en ello en aquel momento. Solo pensaría en Marco y en cuánto lo amaba.

Capítulo 11

ESTABAN en la cama, desnudos uno junto al otro, los suaves gemidos de placer de Lily flotaban en el aire mientras Marco trazaba un rastro de besos desde su hombro hasta su oreja. La caricia de sus dedos sobre la piel despertaba el cuerpo de Lily allí donde lo tocaba. La deliberada lentitud con la que la excitaba estaba volviéndola loca de placer.

Pero por debajo de las sensaciones físicas, era consciente de que también alimentaba una necesidad más profunda que se retorcía en su interior con fiereza. Aquella necesidad era lo que ella había temido toda la vida, sentir con desesperación el deseo de abrasarse de amor por su amante hasta el punto de que sus sentimientos pudieran destruirla.

Su anhelo por Marco no podría verse satisfecho solo por medio del placer sexual. Pero por el momento eso era todo lo que podía pedir, porque solo lo tendría temporalmente.

La forma en que Lily respondía era exquisita, dada la experiencia por la que había pasado. Marco tuvo que esforzase por controlar su deseo y concentrarse en el placer de ella. Quería que todo fuera perfecto, que se pareciera lo más posible a lo que Lily hubiera soñado. Quería liberarla del pasado con cada caricia, hacerla sentir plena.

Acarició su hombros y su senos, sintiendo como ella se arqueaba contra él a la vez que se le endurecían los pezones y alargaba las manos para aferrarse a sus hombros.

Marco le besó el valle entre los senos y luego le lamió un pezón, lo mordisqueó y lo succionó.

Ella dejó escapar un gemido y le clavó las uñas en la espalda al tiempo que abría los ojos desmesuradamente y jadeaba. El cuerpo de Marco respondió con una pulsante tensión en la entrepierna que sabía que solo se pasaría si se adentraba en su cuerpo, pero su prioridad no era buscar su propia satisfacción. Así que se contuvo y siguió mordisqueando el pezón de Lily hasta que esta alzó las caderas y lo presionó contra ella.

Ese gesto transformó el mordisqueo suave de Marco en una succión acelerada y rítmica con la que estuvo a punto de perder el control.

Lily pensó que eso era lo que quería a medida que Marco incrementaba el ritmo con el que le succionaba los pezones, imitando el vaivén de la penetración. En la profundidad de sus entrañas, Lily sintió ese mismo pulso acelerándose, forzándola a enredar las piernas alrededor de la cintura de Marco y a atraerlo hacia sí.

Marco apenas podía contener el deseo de poseerla y hacerla suya, pero supo que tenía que esperar. Un poco. Al menos hasta que Lily alcanzara la satisfacción que merecía.

Le resultaba difícil ir lentamente y darle el tiempo que necesitaba a medida que descendía por su vientre, siguiendo el rastro que había dejado su mano, que en aquel momento estaba sobre su sexo. Acarició con el pulgar su suave montículo y, cuando la oyó contener el aliento y gemir su nombre, apartó los delicados pliegues que cubrían su húmedo sexo al tiempo que le besaba su parte más íntima.

Lily se sacudió de placer y puro éxtasis. No podía soportar por más tiempo la intensidad de las sensaciones que la travesaban en sucesivas oleadas a medida que los dedos y luego la lengua de Marco le daban placer. Y de pronto, una de aquellas caricias hizo estallar la compuerta y una serie de pulsantes oleadas la recorrieron en cascada. Asiéndose a Marco mientras la alcanzaban las últimas sacudidas, susurró:

—Ha sido maravilloso. Tanto como había imaginado.

Marco le retiró el cabello de la cara sudorosa y sonrió.

—No ha sido más que el principio.

La amaba con locura y sabía que siempre la amaría.

La besó lentamente dándole tiempo a que el deseo prendiera de nuevo en ella hasta ponerse al nivel del suyo. Entonces, la penetró lentamente pero con firmeza, deteniéndose cuando ella se estremeció. Pero Lily sacudió la cabeza y suplicó.

—No pares, por favor, no pares. Te deseo tanto...

Movió el cuerpo contra el de él, jadeando de

placer al sentir su respuesta, acogiéndolo, recla-
mándolo. La sensación de poder la embriagó hasta nublar sus sentidos.

Pensando que Lily era lo que siempre había
soñado, Marco la penetró más y más profundamente, moviéndose con ella, consciente de que
aquel era un camino que recorrerían juntos.

Como juntos fueron descubriendo el deseo
que sentían el uno por el otro y el ilimitado placer
que se proporcionaban mutuamente intercam-
biando caricias, besos, y palabras provocativas,
hasta que Marco notó los músculos en tensión y
supo que ya no podría aguantar mas. Pero incluso
con la primera sacudida de su orgasmo, sintió
que el interior de Lily se contraía a su alrededor y
que también ella estallaba con entrecortados gemidos de placer que se mezclaron con los de él.

Marco seguía sujetándola en sus brazos con
fuerza cuando vio varias lágrimas descender por
sus mejillas.

–¿Por qué lloras? –preguntó, desconcertado.

–Porque te amo.

Las palabras escaparon de la boca de Lily sin
que esta pudiera contenerlas, y en respuesta,
Marco la miró con una expresión que no supo interpretar.

–Lo siento –dijo precipitadamente–. Sé que no
quieres oír algo así. Lo siento.

Marco la sujetaba todavía con más fuerza y
con la voz teñida de emoción, susurró:

–Te equivocas. No hay nada que quisiera oír
más que saber que mi amor por ti es correspondido.

Lily se apartó lo bastante como para poder mirarlo a los ojos. Y lo que vio en ellos confirmó sus palabras. Aun así, no pudo evitar preguntar:

—¿Me amas?

Y se quedó sin aliento cuando él, entre una sucesión de apasionados besos, susurró:

—Sí, sí, sí y mil veces sí. Te amo y siempre te amaré, Lily. Me has liberado de la prisión que me había construido, me has enseñado a confiar en mis emociones y en ti. Me has sanado y me has hecho sentir un hombre pleno. Te amo por todo eso y porque no puedo evitarlo. Me robaste el corazón la primera vez que te vi, aunque entonces no quise darme cuenta. Intenté no amarte y negar lo evidente, me dije que sería un idiota si me dejaba llevar por mis sentimientos, y que no podía confiar en ti.

—¿Por ella? ¿Por el daño que te hizo? —preguntó Lily, tomando su rostro entre sus manos y besándolo con dulzura—. Sabía que algo o alguien te había llevado a aplastar tus sentimientos.

Marco le quitó una de las manos y le besó cada dedo.

—En realidad Olivia no tuvo la culpa. Mis padres eran muy buenos pero un poco anticuados, y no se sentían cómodos con el contacto físico. Cuando mi niñera me llevaba a despedirme de ellos antes de ir a la cama, tenía que inclinar la cabeza ante mi madre y estrechar la mano de mi madre.

—¡Pobrecito! —susurró Lily instintivamente.

—Tanto mi institutriz como el colegio me enseñaron que las emociones debían ser controladas y que, como futuro príncipe, se me exigía dominarlas porque eran peligrosas. Visto desde ahora y después de haberte conocido, entiendo mejor que Olivia quisiera rebelarse y huir de esa educación. Debería haber sido más comprensivo y cariñoso con ella. Lo peor fue que la mujer de la agencia de modelos fingiera ponerse de mi lado. Me aseguró que Olivia estaba salvo, y yo era tan arrogante como para creer que aquello que me importaba también lo era para los demás, así que ni se me pasó por la cabeza que pudiera mentirme.

Lily comprendía que Marco siguiera sintiendo dolor y el orgullo herido por aquello. Pero su voz transmitía también dolor, tristeza y culpabilidad, y eso le rompió el corazón.

—Fingiendo que les proporcionaba trabajo, conseguía modelos para hombres.

—¿Por eso pensabas tan mal de mí?

—Sí —admitió Marco—. Quise convencerme de que eras como ella, aunque en el fondo sabía que no teníais nada que ver. Pero para entonces tenía otro motivo más personal para no querer confiar en ti, así que proyecté en ti mi propia debilidad y mis errores. Te juzgué equivocadamente en un montón de cosas, sobre Pietro, sobre Anton, porque era la manera de protegerme de lo que sentía. Me resultaba más seguro que admitir la verdad. Creía estar siendo fuerte cuando estaba siendo débil.

—Débil, no, Marco. Nunca podrías ser débil. Actuabas tal y como habías aprendido a hacerlo al perder a Olivia en circunstancias tan terribles.

Marco sacudió la cabeza.

—No —dijo quedamente—. No la amaba, al menos como piensas que la amaba. Era más una hermana que una futura esposa. Solo he amado y amaré a una mujer en mi vida, Lily, y esa eres tú.

Lily lo miró y supo que era sincero.

–Tenía tanto miedo de amarte… –dijo ella–. Me aterrorizaba ser como mi madre y amar a un hombre que solo me haría daño. Y cuando tú me trataste con tanto desdén y desconfiaste de mí…

–Te he hecho daño –Marco gimió, besándola–. Te he hecho daño porque estaba encerrado en un mundo en el que los sentimientos no tenían cabida. Tú los despertaste, pero no quise confiar en ti porque no confiaba en tener la fuerza de voluntad suficiente como para resistirme a lo que me hacías sentir.

–Pero me salvaste de Anton a pesar de todo.

–Parecías tan asustada… ¿Cómo iba a darte la espalda?

–Ese es el hombre que eres verdaderamente, Marco. Un hombre incapaz de abandonar a aquellos que le necesitan aun cuando desconfíe de ellos.

–Me otorgas un mérito que no merezco.

–Te equivocas, eres tú quien no se valora en su justa medida.

–Te quiero tanto, tanto, que quiero que te cases conmigo, Lily. Quiero que estemos siempre juntos, y que demos a los hijos que nazcan de nuestro amor la infancia que nosotros no tuvimos.

–Yo también –susurró Lily, besándolo y sintiendo cómo las sensuales caricias de Marco devolvían su cuerpo a la vida.

Epílogo

EL tañido de las campanas de la capilla del castillo que anunciaba su boda se fue amortiguando al tiempo que cientos de pétalos de rosa descendían suavemente desde un cristalino cielo azul. Una leve brisa sacudía la delicada falda de seda y encaje del vestido de novia de Lily, realizado en una de las fábricas de seda del lago Como.

Había sido un día perfecto, como todos desde que Marco le había declarado su amor.

–¡Tantas generaciones de tu familia se han casado y han vivido aquí…! –comentó Lily, observando a sus invitados del brazo de Marco.

–Y espero que lo hagan muchas más –dijo él, con la otra mano en el vientre de Lily, donde hacía apenas una semana el médico había anunciado que se cobijaba su primer hijo, un bebé que nacería a los siete meses de su boda.

–Espero que hayamos acertado dejando que Rick hiciera el reportaje de la boda –comentó Lily al ver a su hermanastro fotografiar a un grupo de chicas guapas.

Pietro, el sobrino de Marco, actuaba como su ayudante. Una vez aclarado el malentendido de la oferta como modelo, los dos jóvenes se habían hecho grandes amigos y compañeros de trabajo.

–Has sido muy generoso ofreciéndote a financiar el documental de Rick sobre los viñedos californianos. Su madre me ha prometido que se ocupará de ellos mientras Pietro y él estén por California.

–Tu hermano es un buen hombre. Pero ya basta de familia. Estoy deseando empezar nuestra luna de miel para tenerte para mí solo y decirte lo feliz que me has hecho, Lily. Soy el hombre más feliz y más afortunado del mundo.

–Los dos somos afortunados por habernos encontrado el uno al otro –susurró Lily.

–Era inevitable –dijo Marco–. Estábamos destinados a conocernos y amarnos, destinados a pasar juntos el resto de nuestras vidas.

Bianca

¿Un cuento de hadas de una noche?

UNA NOCHE DE CUENTO DE HADAS

JULIA JAMES

Cruelmente tratada por su madrastra y su hermanastra, Ellen Mountford se había encerrado en sí misma, y había llegado a convencerse de que no valía nada y de que no tenía el menor atractivo. Pero cuando su madrastra y su hermanastra decidieron vender la casa, su casa, la casa de su familia, y apareció un posible comprador, el multimillonario Max Vasilikos, comprendió que no podía seguir escondiéndose. No podía dejar que le arrebatara su hogar.

Max creía que Ellen se negaba a venderle su parte de la casa porque se aferraba de forma insana al recuerdo de su padre, y había llegado a la conclusión de que tenía que tenía que hacerla salir de su caparazón. Todo empezó cuando la invitó a una fiesta y la puso en manos de un grupo de estilistas que sacaron a la luz el cisne que había dentro de ella, una mujer hermosa, divertida e inteligente de la que poco a poco y, sin darse cuenta, se iría enamorando.

¡YA EN TU PUNTO DE VENTA!

Acepte 2 de nuestras mejores novelas de amor GRATIS

¡Y reciba un regalo sorpresa!

Oferta especial de tiempo limitado

Rellene el cupón y envíelo a

Harlequin Reader Service®
3010 Walden Ave.
P.O. Box 1867
Buffalo, N.Y. 14240-1867

¡Sí! Por favor, envíenme 2 novelas de amor de Harlequin (1 Bianca® y 1 Deseo®) gratis, más el regalo sorpresa. Luego remítanme 4 novelas nuevas todos los meses, las cuales recibiré mucho antes de que aparezcan en librerías, y factúrenme al bajo precio de $3,24 cada una, más $0,25 por envío e impuesto de ventas, si corresponde*. Este es el precio total, y es un ahorro de casi el 20% sobre el precio de portada. !Una oferta excelente! Entiendo que el hecho de aceptar estos libros y el regalo no me obliga en forma alguna a la compra de libros adicionales. Y también que puedo devolver cualquier envío y cancelar en cualquier momento. Aún si decido no comprar ningún otro libro de Harlequin, los 2 libros gratis y el regalo sorpresa son míos para siempre.

416 LBN DU7N

Nombre y apellido	(Por favor, letra de molde)	
Dirección	Apartamento No.	
Ciudad	Estado	Zona postal

Esta oferta se limita a un pedido por hogar y no está disponible para los subscriptores actuales de Deseo® y Bianca®.
*Los términos y precios quedan sujetos a cambios sin aviso previo.
Impuestos de ventas aplican en N.Y.

SPN-03   ©2003 Harlequin Enterprises Limited

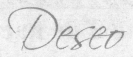

Él quería una madre para su bebé...

Cita con mi vecino

Karen Booth

CITA CON
MI VECINO
KAREN BOOTH

Después de una desastrosa primera cita, la presentadora de televisión Ashley George y el atractivo millonario británico Marcus Chambers se vieron forzados a compartir casa. Cuando un incendio arrasó el piso de Ashley y su vecino le ofreció ayuda, pronto, cayó enamorada de él y de su bebé. Pero, a pesar de su innegable atracción, Marcus solo quería salir con mujeres que eran apropiadas para ejercer de madre de su hija. Su impulsiva vecina le resultaba por completo inadecuada. Entonces, ¿por qué no era capaz de sacarla de su cama... ni de su corazón?

Bianca

El espectáculo debe continuar...

LA CORISTA Y EL MAGNATE

LUCY ELLIS

Para la bailarina de *burlesque* Gigi Valente, *El pájaro azul* n
era solo un cabaré o un trabajo... era el único hogar verdader
que había conocido. No permitiría que el nuevo dueño, Khale
Kitaev, lo destrozara. A pesar de que su cuerpo temblaba ant
su magnífica presencia...

Aunque admiraba su pasión, Khaled consideraba a Gigi una ca
zafortunas más. Pero cuando sus intentos por llamar su atenció
quedaron recogidos por las cámaras, el poderoso ruso tuvo qu
llevarse a Gigi precipitadamente a su mundo. ¡Con ella a su lad
la reputación de Khaled como mujeriego bajó, pero sus accione
subieron! ¿Cuánto tiempo podría mantener a aquel pajarillo d
espíritu libre encerrado en su jaula de oro?

2